普通話九大篇

普通話九大篇

香港中文大學普通話教育研究及發展中心 編

三聯書店（香港）有限公司

責任編輯　　姚永康
書籍設計　　吳冠曼

書　　名　　普通話九大篇
編　　者　　香港中文大學普通話教育研究及發展中心
出　　版　　三聯書店（香港）有限公司
香港鰂魚涌英皇道 1065 號 1304 室
Joint Publishing (H.K.) Co., Ltd.
Rm. 1304, 1065 King's Road, Quarry Bay, Hong Kong
香港發行　　香港聯合書刊物流有限公司
香港新界大埔汀麗路 36 號 3 字樓
印　　刷　　深圳市恆特美印刷有限公司
深圳市寶安區龍華民治橫嶺村恆特美印刷工業園
版　　次　　2008 年 9 月香港第一版第一次印刷
2010 年 1 月香港第一版第二次印刷
規　　格　　特 16 開（150×210 mm）256 面
國際書號　　ISBN 978-962-04-2787-9

Published in Hong Kong

目錄

序

在香港回歸十年來的諸多巨變之中，普通話的迅速推廣和逐步普及應該是其中的犖犖大者。(犖，簡化字為「荦」，音 luò，原義為雜色牛，從牛，勞省聲。犖犖，引申義為明顯而重要。)

回想我十八年前頭一回來香港，用普通話問路都難有回饋。如今，情況不可同日而語了：大街小巷的大陸客和本地人有許多通暢的交談，不僅如此，各種規模的普通話教學研習班、普通話小學、普通話課程和教材、參考書和普通話測試站越來越多。這便是近幾年來的新氣象。

語言是社會生活的紐帶。隨着香港特別行政區與內地的交往的逐步擴大和深入，普通話的學習和推廣也逐漸從普及走向提高。這是社會的需求，也是人們的願望。

普通話從旅遊點、商場走進學校課堂，走進各種媒體，這是推廣普通話走向深入的重要標誌。因為社會的推廣是自發的、隨機的，而學校的正規教育和傳媒的影響是自覺的、在一定理論指導下覆蓋全面的。先前曾經流傳過一句話：「在普及的基礎上提高，提高的指導下普及。」這話是有道理的。用今天的話説，只有這樣，才能有良性的循環，才能有可持續發展。

香港中文大學普通話教育研究及發展中心的老師們為了幫助香港人學習普通話，在香港《星島日報》開闢了「普通話速遞」專欄，數年來發表了幾百篇輔導文章，這本《普通話九大簋》就是從裏邊擇優編成的。學校和媒體聯合辦「推普」，這就是很有意義的創舉。

收在本書中的 103 篇文章，都是短小精悍而又生動有趣的。每篇文章都是從社會交際生活的實際出發，從香港人學習普通話所碰到的難點出發，因小見大，不但幫助讀者克服難點、防止差錯，還給人補充語文知識，使人得到語言學習方法上的啟發。

作者們生長於內地和香港、畢業於高校，長期從事普通話教學和研究，既有豐富的語感和經驗，也有多方面的語言學和文化上的理論修養，所以能寫出這種雅俗共賞、理論與實踐相結合的好文章來。我願意向有志於學習普通話的人士推薦這本書。

本書的書名中有個「簋」字，讀音 guǐ，是古代祭拜祖宗時用來裝盛「黍、稷、稻、粱」的木質容器。讀了這本書，認識這個古字，我想還可以得到有關學習普通話的幾點體會：

1. 全民族共通的語言對於這個民族的每個人來説，有如天天都要進食的五穀雜糧，有如空氣和水分一樣重要。在現代社會裏，誰能一天離開民族語言的聽説讀寫？

2. 普通話不是幾句日常生活普普通通的話，而是幾千年來老祖宗傳承下來的漢民族現代共通語。她不但有口語，也有書面形式，不但和現代白話文相通，更和古代文言文相通。懂了普通話，對閱讀現代文和古文都很有好處，透過它，可以進入更加廣闊的中華文化的天地。

3. 由於我們的民族文化源遠流長，漢語（包括古代與現代，書面和口頭）十分豐富。學好普通話是要細水長流、不斷累積、活到老學到老的。這「九大篇」最多也只能為你提供一些樣品，指出幾條路子，激發你的興趣，五穀雜糧是要不斷種植、收穫，不斷加工、進食的。

讓我們從這「九大篇」開始，努力學好普通話，當個出色的炎黃子孫吧。

李如龍

於香港中文大學寓所

2008 年 1 月 15 日

前言

在香港，普通話學習的熱潮自 20 世紀 80 年代初掀起，回歸後，內地與香港的交流更趨頻密，普通話逐漸成為工作、社交的必要技能，香港特區政府亦設立持續進修基金，資助在職人士學習普通話，而在本地的中小學，自 1998 年起，也全面開設普通話科。現今，普通話學習在香港可謂蔚然成風。

香港的普通話學習者，在掌握普通話語音、詞彙、語法，還有各種表達習慣方面，因為受方言的影響和語言使用環境的限制，都會遇到各種各樣的障礙，不能準確表意，暢達溝通。為了促進普通話的學習和推廣，香港《星島日報》在 2005 年 4 月開設了普通話專欄，名為「普通話速遞」，由香港中文大學普通話教育研究及發展中心的一批專業普通話導師撰稿，內容針對廣東人學習普通話常犯的錯誤、語言使用中出現的問題、教學和測試以及文化風俗等，十分廣泛。專欄延續至今，一直深受讀者歡迎。

本書從 2005 年 4 月到 2007 年 6 月兩年間專欄刊登的三百多篇稿件中，精選出 103 篇，按內容分組整理，輯錄成集，歸為辨音、析義、傳意、生活、文化、教學等類別，並定書名為《普通話九大篇》。

本書以一般普通話學習者為對象，也適合那些對社會語言狀況及南北風俗文化有興趣的人士閱讀；另外，書中各篇文章不少是作者們在教學中因學員提出的問題得到啟發而寫成，對於正在教授普通話的教師而言，可加深對普通話的認識，增強教學和糾錯能力。

本書能夠成功出版，要感謝各方的努力，包括全體作者提供和修訂文稿，主編張勵妍女士的統籌，《星島日報》的配合，我中心同事和香港三聯書店出版部人員的辛勤工作；特別是得到余京輝老師、張美靈老師、周立老師參與編委會工作，協助審閱和選篇，使編輯工作得以順利進行。最後，我們對廈門大學中文系李如龍教授在百忙中惠贈序言，謹致衷心謝意！

我們希望，此書作為作者們生活經驗和教學心得的結晶，能成為普通話學習的寶貴資源，為讀者豐富普通話知識、提升語言交際的能力！

香港中文大學普通話教育研究及發展中心

2008 年 2 月 26 日

Kāi

Mén

Wèn

Jīn

開門問津堂

Táng

香港腔普通話

張勵妍

一個在教師培訓班學員告訴我，很擔心將要來的普通話水平測試，因為上次考三級甲等未能達標，這次必須要考上二級乙等，才能符合普通話教師的最低要求。後來課程結束了，知道她還在努力，但不知道結果她考得怎麼樣。大概隔了半年，忽然有一天，接到她的電話，向我報喜，她考上了一級乙等！記得她上我授課的普通話班時候，說話總讓人感到很吃力那樣，帶着香港人的腔調，一次她來上課時走得很急，她跟同學說「頭有點暈」，讓別人聽成「有孕」，鬧了個笑話。她把第一聲的「暈（yūn）」說成了第四聲的「孕（yùn）」了。事隔幾個月，我再跟她見面，字音的掌握跟語調的控制已經相當好，語言面貌跟以前完全不一樣了。

普通話要接近母語人的面貌，就不能帶有方言的腔調。在香港，大家都說廣州話，但我們也常常能聽得出來這個人是潮州人，是福建人，或者是上海人，我們說普通話，人家聽出你是香港人也很容易。能聽出一個人有方言的口音，因為他發音帶有某些特徵，香港腔的普通話有甚麼特徵？

聽香港人説普通話，最明顯的缺陷是：

1. 平翹不分：知、是、水……都沒有翹舌；

2. 一四不分：暈（-）/ 孕（、）；約（-）/ 月（、）；注意（、、）/ 珠衣（- -）……互相混讀；

3. 前後鼻韻不分：朋（-ng）/ 盆（-n）；經（-ng）/ 金（-n）；跟（-n）/ 耕（-ng）……互相混讀；

4. i 和 u 介音脱落：天（tiān）變成英文的 ten；落（luò）變成英文的 law。

以上都是單字發音的錯誤，但更嚴重的是語流中體現出來的語調問題，不知道詞語裏面有輕重，總是一字一音地説話，完全忽略了輕聲詞語。例如：「你們誰看不見的可以站起來」，這一句就差不多有一半的字要輕讀（帶點的字讀輕聲）：

你們誰看不見的可以站起來

把輕重對比顯示出來，節奏才符合普通話的習慣。

前面提到的那位從三級躍升到一級的老師，在練習文章朗讀的時候，就是把輕讀的詞語標示出來，一句一句模仿標準的錄音，她還把輕聲的詞語列出來，一個一個的背誦記憶。

因此，要克服方言口音，除了糾正字音的錯誤之外，還要針對語調下苦功，方向找對了，再加上勤奮和毅力，就容易成功。

熟讀成誦，誦而得言

余京輝

在香港，有不少普通話學員經常提出這個問題：怎樣培養普通話的語感？我的回答是：熟讀成誦，誦而得言。即通過聲情並茂地朗讀典範作品，感受普通話的優美，培養普通話的語感。

相信大家在影視作品裏都見過中國私塾的學習情景：無論是先生還是學生都搖頭晃腦的吟詩、誦文，琅琅的讀書聲不絕於耳。這個學習過程，就是通過反覆大聲誦讀去理解作品，進而達到背誦的程度，最後使之內化為自己的語言。

然而，當中國引進西方現代教育模式之後，中文學習愈來愈注重語法和修辭知識的灌輸，強調建立語文知識體系，美其名曰要讓語文課的內容「科學化」。在這樣的指導思想下，我們的中文課愈來愈少學生的讀書聲，取而代之的是愈來愈多老師的講解聲。語文課變得像股票技術分析課，把優美的文章斬件分拆成各樣模塊，尋找各種語法修辭信號，學生把教師的分析結果一一寫下，回家背記，考試時再一一展示到試卷上。學生無法感悟作品的優美，形成公式化的理解，中文課成了香港學生最不喜歡的科目。

針對上述弊端，近十年來，許多內地的語文教育工作者，不斷反思，紛紛探究新教法，提出了通過帶感情的、聲情並茂的朗讀，理解文章，培養語感，再結合聽説讀寫及綜合能力的訓練，全面提高學生的語文能力。即回歸傳統的中文學習模式：熟讀成誦，誦而得言。2000 年，內地教育部頒佈的《全日制義務教育語文課程標準》（俗稱：「新課標」），確立了上述教學思想；無獨有偶，香港課程發展議會二〇〇二年頒佈的《中國語文教育學習領域課程指引（小一至中三）》（見本文插圖），提出「要讓學生誦讀吟詠優秀的文學作品，以培養語感，並作適量背誦，以深化體會，提高個人的語文素養。」

看到這裏，你也許已理解，為甚麼國家語委普通話水平測試，會讓考生在備考階段熟讀六十篇不同體裁的規範作品了。它的目的正是要幫助考生培養普通話語感，也是「熟讀成誦，誦而得言」理論的生動運用。

普通話朗誦字音要準確

——觀學校朗誦節普通話比賽有感

宋欣橋

普通話朗誦參賽者的參賽作品通常是事先選定的誦材。當我們確定篇目之後，在初讀作品的時候，就要確定普通話字音的正確讀法。道理很簡單，朗誦作品最基本的要求是普通話字音要唸得正確。那種認為普通話字音是否正確在比賽中並不那麼重要，甚至表示不扣分的說法，筆者未敢苟同。筆者所碰到的教師和學生家長，對待字音可都是認認真真，樂於相互請教，一絲不苟的。

參賽者在香港粵方言的汪洋大海之中無時無刻不受到影響，做到普通話字音正確這一點並不容易。粵語是漢語的一種方言，它與現代漢語標準語——普通話之間的差別主要表現在語音上。我們的確發現其中一些參賽學生仍然遺留着較多不太標準的字音，我們也不難判斷他或她是受到福建話、客家話，或是上海話的影響，當然更多的是受到粵方言的影響，這是大家都明白的道理。讓我們高興的是，由於香港的中小學已經開設普通話科，市民也愈來愈重視普通話的學習和使用，參賽學生在語音上有一批人已經接近比較標準的程度。他們是在香港土生土長，卻可以說如此流利和如此標準的普通話，真讓人欣喜不已。我們完全可以相信，新一代的香港人將會產生一批漢語、英語俱佳的雙語人才。

當然，普通話朗誦中不僅要解決方言影響的問題，還要解決普通話本身的問題。比如：確定多音字的讀音。像「碩果纍纍」和「罪行纍纍」中的「纍纍」的讀音就不同，前者的聲調為兩個第二聲，而後者是兩個第三聲。即使家長有北方話背景，在輔導孩子的朗誦時，也不要對字音自以為是。碰到「當作」、「悄然」、「參與」等一類詞語，也不要想當然，還是查查字典和詞典再說。對普通話教學來說，最權威的詞典要算是《現代漢語詞典》了，它是普通話教學的必備工具書。筆者曾參與編寫的《新華正音詞典》收入一批容易讀錯的字音，以及輕聲、兒化詞語等，可供大家參考。

此外，普通話朗誦中還有一些字音需要老師和專家加以確定和指導。例如：「兒尾」的讀音處理問題，像「花兒」、「月兒」、「鳥兒」、「桃兒」、「蟬兒」是否都需要讀作兒化韻呢？不一定啊！在朗讀散文當中有時碰到「兒尾」在節律上需要佔一個音節時，通常不能兒化。例如：「花兒朵朵」、「鳥兒齊鳴」等，像本次誦材中的一句「結了一個小小的桃兒」中的「桃兒」，不把它處理為兒化更為妥當（另外注意「結」字，此處應讀作第一聲）。而「月兒」、「蟬兒」在任何場合都不應讀作兒化韻。

口語化

何偉傑

日常廣州話有一些非常生動的表達方法，香港人經常掛在口邊，可是換成普通話，往往要左思右想，才找到比較貼近的說法。例如：「囉囉攣」這個形容詞，較接近的普通話說法就是「忐忑不安」，可是會寫和會說的人也不太多。

「忐忑不安」讀作 tǎntèbù'ān，的確有「心神不安」、「心緒不寧」的意思，它跟「囉囉攣」接近，但如果把「會考就快放榜，呢幾日佢都囉囉攣咁」說成「會考結果快要公佈，這幾天他都忐忑不安」，本來意思沒有不對，卻是不夠自然。因為這句話寫出來還可以，說出來就應該口語化一點。在普通話口語中，用「坐立不安」或「心裏七上八下的」代替「囉囉攣」會比較合適。

普通話也有書面語和口語之分。香港人講普通話的機會少，閱讀書面語的機會多，所以說起普通話來，習慣借助書面語，難怪我們會說「下了車，步行三分鐘就到了」這種句子，就以為自己很規範了。其實「步行」可以用「走」這個詞來代替，聽起來也比較順耳。要避免給人說話像背書這種感覺，還得注意普通話口語裏常用的說法。

其他口語化例子如下：

書面説法	口語説法
合作者	搭檔（dādàng）
外國人	老外（lǎowài）
身材	個子（gèzi）/ 塊頭（kuàitóu）
前額	腦門子（nǎoménzi）
咽喉	嗓子（sǎngzi）
硬幣	鋼鏰兒（gāngbèngr）
表面	皮毛（pímáo）
本領	能耐（néngnai）
指責	數落（shǔluo）
恐嚇	嚇唬（xiāhu）
口吃	結巴（jiēba）
注視	盯（dīng）
小睡	打盹兒（dǎdǔnr）
分開	掰（bāi）
打手勢	比劃（bǐhuà）
散步	蹓躂（liūda）
彎腰	哈腰（hāyāo）
撫養	拉扯（lāchě）
思考	琢磨（zuómo）
害怕	發毛（fāmáo）
挑毛病	找碴兒（zhǎochár）
落空	泡湯（pàotāng）
有希望	有門兒（yǒuménr）
以免	省得（shěngde）
奉迎	順竿兒爬（shùn gānr pá）

學習普通話新詞新語

林建平

近十年來，香港粵語的詞彙變化很快。流行語中，説人家追上潮流，不落伍，會説他「in」。 20 世紀 90 年代初，北京人説「潮」，指新潮、時髦，例如：近些年，粵菜在京城比較潮。這幾年，香港媒體忽然冒出個「潮」字，如:「潮(手)機」、「潮人」、「潮車」、「潮衫」；母親節期間，報章也來個「潮媽」。在當今香港社會流行指數中，再説「in」，已經是「out」了。年輕人（包括大學生）口語中，形容程度非常的，都喜歡説：「勁」、「爆」、「超」。有些人「激情」未減，仍然鍾情於「激」字（表達「好勁」的意思）。最近，又出現一個「喪」字，説某某女明星在酒吧「喪喊」。

普通話的詞彙也是在不斷發展的。它和粵語一樣，發展和變化主要體現在新詞的產生、舊詞的消亡，以及詞義的擴大、縮小和轉移上。內地自 1980 年代開放以來，產生了很多新事物、新概念，從而出現了一批又一批的新詞新語。有些詞原是外來詞或香港粵語詞，現在，已經進入了普通話。比如：T 恤、杯葛、搞笑、爆棚、生猛（海鮮）、拍拖、減肥、按揭、炒魷魚等等。

1982 年，我問過北京籍的普通話導師，能不能說「減肥」？她說：「不行，要說減輕體重。肥，是形容豬的，是罵人的話。」沒錯兒！這位導師的解釋是對的。可眼下女士們都怕肥，都想瘦身纖體。減肥茶、減肥藥，如雨後春筍；減肥美容中心出現門庭若市。普通話說「談戀愛」，如今，不妨來「拍拖」。其他如：T 恤、杯葛、搞笑、爆棚、生猛（海鮮）都說開了，成為普通話詞彙的一員。

據統計，1980 年代平均每年增加 600 個新詞，1990 年代每年至少也增添 400 個。這二十多年來，現代漢語裏產生了成千上萬的新詞。以 2002 年增補本《現代漢語詞典》為例，增收了新詞新語一千二百餘條，以附錄形式排在詞典正文後面（部分新詞已收錄在正文裏）。2003 年出版的《新華新詞語詞典》是目前收錄新詞新語最具權威性的詞典之一。這本詞典收錄 1990 年代以來出現的新詞語，尤其關注信息、財經、環保、醫藥、體育、軍事、法律、教育、科技等領域。共收條目 2,200 條，連同相關詞語約四千條。

一般來說，普通話新詞新語都有新穎色彩。這些新詞新語豐富了普通話的表現力，豐富了我們的語言生活。可以不誇張地說，新詞新語「打造」了一道「亮麗」的「風景綫」，形成了一種嶄新的社會語言文化現象。

九大簋

周立

簋，普通話也讀作 guǐ，是古代貴族的食器或祭器。從出土文物看，「簋」是能裝五六斤米飯的大傢伙，按今天人們的食量，如果裝滿「九大簋」，足夠一百多人吃自助餐了。古時祭祀，常常是簋、鼎合用，簋用雙數，鼎用單數。天子用九鼎八簋，諸侯則用七鼎六簋，所以有「一言九鼎」之說。

既有禮數，那為甚麼不叫「八大簋」呢？坊間有很多種解釋：有的說宇宙中有「天、地、風、雲、雷、雨、電、水、火」九個基本元素；有的說「數始於一而極於九」；有的說廣州話中，「九」與「久」諧音，寓意長長久久，長吃長有。這些也許都是美麗的附會，但作為飯後的談資，附會也許比真相更有吸引力。

「九大簋」本為十方食品之一。所謂「十方食品」，是舊時富戶家廚用作食物分類的方法。每項冠以數目，依次序為：

一品窩：真正的火鍋，跟現在的火鍋不同，它是把所有原料一鍋煮。

兩雙拼：又名兩冷葷，多為頭盤。在北方的席面上也是必不可少的菜式。

三和菜：兩菜一湯，供兩三人食用。溫家寶總理的工作餐就是兩菜一湯。

四熱葷：即「鑊氣小炒」，普通話省了「鑊氣」，直接叫「小炒」。

五彩盤：普通家常菜。

六品菜：較為隆重並冠以有彩頭的名字，如：「獨佔鰲頭」，其實就是焗鯉魚。

七碗頭：喪禮宴席，粵人稱喪席為「食七」。

八大件：正式宴席的上等菜式，有八大八小。

九大簋：經濟廉價菜。

十類食：飛、潛、動、植、茶、酒、粥、粉、飯、麵。茶餐廳門口寫的「粥、粉、飯、麵」就是從這來的。

上述分類，驟眼看來不過是「經濟廉價菜」。沒錯，原來的「九大簋」確實是廉價菜式，就是流傳於坊間的「八菜一湯，白飯任裝」。但隨着時間的推移，「九大簋」的每道菜都選用上好的材料，人們也就用它來形容豐盛的菜餚，隆重的筵席了。

本書的內容無論從普通話的語音、詞彙、語法，抑或到社會中語言的使用現狀，以及文化風俗等等，可謂無所不包。隆重談不上，豐盛卻是肯定的了。這次有機會結集出版，對普通話學習者而言，可說是猶如一席可供增補知識的「九大簋」！

Biàn

Zì

Zhèng

Yīn

辨字正音室

改了籍貫

何偉傑

一位朋友告訴我：不知何故？他被改了籍貫。他分明是地道的廣東人，為甚麼要改籍貫？

原來有一趟他到人民入境事務處申領香港特別行政區護照，填寫出生地的時候，他寫了 Canton，工作人員把它改為 Guangdong。他不明白，以前填表，都這樣寫，從來沒問題，改成 Guangdong，他反而不習慣。工作人員向他解釋：「現在我們都用漢語拼音拼寫中國地名，不用英語譯音了。」

其實朋友的籍貫沒改，而是採用了我們國家和國際的標準來為漢字注上普通話讀音，這個系統，叫做「漢語拼音方案」。

比較漢字的英語拼音和漢語拼音如下：

地名或人名	英語拼音	漢語拼音
香港	Hong Kong	Xianggang
九龍	Kowloon	Jiulong
上海	Shanghai	Shanghai
北京	Peking	Beijing
余愛普	Yu Oi Po	Yu Aipu
李建港	Lee Kin Kong	Li Jiangang

漢語拼音方案採取了國際通用的拉丁字母來拼寫漢字的普通話讀音，字母跟英語一樣，讀音卻不完全一樣。例如上海 Shanghai，英語跟漢語拼音的寫法一樣，讀音稍有不同，反映方言讀音、英語拼音與普通話標準音之間的差異。

國際上對漢語地名和人名的譯音，大多採用漢語拼音。1977 年，聯合國正式通過採用《漢語拼音方案》作為中國地名拉丁字母拼寫的國際標準；1982 年，國際標準化組織發出 ISO-7098 號文件，把《漢語拼音方案》訂為拼寫中國的專門名詞和詞語的國際標準。

漢語的同音字很多，往往要以聲調來區分意義。普通話有四個聲調。漢語拼音拼寫地名和人名時，有時會把聲調符號省掉，除姓氏分寫外，地名和名字都連寫，例如：

地名或人名	**漢語拼音**（加調號）	**漢語拼音**（不加調號）
羅湖	Luóhú	Luohu
陳明	Chén Míng	Chen Ming

《漢語拼音方案》是一個替漢字注音的系統，對普通話學習者來說，它又是一個幫助我們發音、記音和檢索的工具。有了它，我們打開字典，所有漢字的普通話發音都可以讀出來，還可以利用音序來查檢，多麼方便！

「讀歪少少」

何偉傑

俗語説：「有邊讀邊，無邊讀字」，這是一個推敲漢字讀音的有用方法。可是遇上要讀出普通話發音，怎麼辦呢？有些人就從廣州音入手，把廣州話「讀歪少少」。例如：「送」、「瓜」、「王」、「爬」、「哥」、「包」、「思」、「葵」等，普通話跟廣州話的確差不多，「讀歪少少」的方法看時很管用，語言學習者其實有意無意之中採用了「類推法則」，不過，「類推」真正所指的，其實是利用對應規律去推測字音，對應的音並不一定跟原來的音相近，像「穿」和「專」，廣州話同韻母，普通話分別讀作 chūan 和 zhuān，「串」、「喘」、「傳」、「磚」、「轉」、「船」、「算」的廣州話也讀相同的韻，普通話分別讀作 chuàn, chuǎn, chuán, zhuàn, chuán, suàn，韻母都是 uan，這就是類推。就發音而言，「寸」讀 cùn，「存」讀 cún，比「穿」(chūan) 等更近廣州音，但香港人反而容易錯，就是因為它們是類推規律的例外。

請看下面的例子，有＊號的例外字是不是你的困難所在：

1. 睡（shuì）隧（suì） 碎（suì）

由於司機「打瞌睡（dǎ kēshuì）」，「隧巴（suìbā）」發生撞車意外，乘客要把玻璃「敲碎（qiāosuì）」，才可以逃出來。

＊瑞（ruì）：百歲的老人，就是「人瑞（rénruì）」了。

＊墅（shù）：「別墅（biéshù）」原來都蓋在郊外，市裏有些賓館也叫別墅，名不符實。

2. 穿（chuān） 喘（chuǎn） 串（chuàn）

她「穿（chuān）」上花衣裳來「串門兒（chuàn ménr）」，一連走了好幾家，氣也「喘（chuǎn）」不過來呢！

＊存（cún）：「存款（cúnkuǎn）」利息那麼低，倒不如買股票。

＊寸（cùn）：香港「寸金尺土（cùn jīn chǐ tǔ）」，房價天天在漲。

3. 虧（kuī） 葵（kuí） 愧（kuì）

「虧（kuī）」你是個大學生，儘管住在「葵涌（kuíchōng）」的公屋，有甚麼好「慚愧（cánkuì）」的。

＊規（guī）：就是小孩，也該守「規矩（guījǔ）」。（這是聲母類推易犯的錯誤）

4. 使（shǐ） 逝（shì） 勢（shì） 世（shì）

國王突然「逝世（shìshì）」，首相緊急召回駐各國「大使（dàshǐ）」，商討「局勢（júshì）」發展。

＊篩（shāi）：這是一個製造失敗者的「篩選（shāixuǎn）」過程。

返大埔

周立

某天下課後，我問一位同學住在何處，他用普通話說：「我放學後要返大埔（fān dà pǔ）。」雖然是簡短的回答，可問題來了。

先說說「返」字。「返」只有一個讀音：fǎn，是「回」的意思，普通話多用「回（huí）」、「上（shàng）」等意思相同或相近的詞來替代。像：「返屋企」=「回家（huíjiā）」，「返學」=「上學（shàngxué）」，「返工」=「上班（shàngbān）」。普通話也有「返工（fǎngōng）」一詞，是指「因質量不合要求而重新加工或製作」（《現代漢語詞典》第五版，第 380 頁），比如：「凡是質量不合格的產品一律返工」。

在現代漢語中，「埔」字有兩個讀音，多用於廣東的地名。一個讀 pǔ，廣州有個「黃埔軍校」，「黃埔」讀作 huáng pǔ。另一個讀 bù，是由粵音轉化來的，就是香港的「大埔」（廣東鄰近福建有個市鎮也叫「大埔」）。

按照「名從主人」的原則，「大埔墟」應該讀作 dà bù xū。所以，「我要返大埔」應該說成「我要回大埔（huí dà bù）」。

地名	普通話讀音
大埔墟	dà bù xū
尖沙咀、大角咀	jiān shā zuǐ、dà jiǎo zuǐ
鰂魚涌、東涌	zéi yú chōng、dōng chōng
紅磡	hóng kàn
舂坎角	chōng kǎn jiǎo
石硤尾	shí xiá wěi
氹仔	dàng zǎi

香港類似的地名還有不少，比如：「尖沙咀」、「大角咀」。「咀」也有兩個讀音，一個讀 jǔ，是「嚼（jiáo）」的意思，像「咀嚼（jǔjué）」、「含英咀華（hán yīng jǔ huá）」等等；另一個讀 zuǐ，是「嘴」的俗寫，多用於地名。因此，「尖沙咀」、「大角咀」應該分別讀作 jiān shā zuǐ、dà jiǎo zuǐ。

「鰂魚涌」和「東涌」又怎麼唸呢？「涌」也有兩個讀音，一個讀 yǒng，其實是「湧（yǒng）」的簡化寫法，指水或雲氣冒出，例如：「風起雲湧」、「洶湧」等等；另一個讀 chōng，原本是方言詞，指河汊，也是由廣州話讀音轉化來的。所以，「鰂魚涌」應該讀成 zéi yú chōng，「東涌」應該讀成 dōng chōng。請注意，這裏的「涌（chōng）」不能唸成「湧（yǒng）」。

關於「紅磡（hóng kàn）」的普通話讀法，很多人都會掌握不到正確讀音，就如現在香港鐵路東鐵綫的普通話廣播仍是讀成 hóng kān。還有「隙」只有一個讀音—— xì，「空隙」只能讀作 kòng xì，不能讀成 kòng xī。

外面有鯊魚？

杜宇

最近聽一個網友講了一則這樣的笑話。某日，她用不大標準的普通話致電做救生員的丈夫，內容如下：

女：老公，外面有沒有鯊魚？

男：啊？我現在不在海邊，看不見。

女：電台沒講嗎？

男：電台沒說有鯊魚。

女：那你看看瞭望亭外邊就知道有沒有鯊魚了。

男：你傻啦，即使用望遠鏡，也不一定能看得到？

女：那你看看有沒有人打傘就知道了。

……

噢，原來說了半天，妻子只是想知道丈夫工作地點有沒有「下雨」。這個笑話除了讓我們知道香港人說普通話的時候，仍存在問題鬧出笑話之外，也體會到普通話在香港的普及程度已大大提高了，並且已直接滲透到普通家庭。

那麼，為甚麼「下（xià）雨」變成了「鯊（shā）魚」，主要原因是廣東人在分辨不清 x 和 sh 聲母的同時，往往還容易將 i 介母丟掉，所以讀 xia 就變成了 sha。

除此之外，廣東人在聲調方面也存在容易混淆的情況，特別是以第一聲和第四聲，第二聲和第三聲的混淆情況較普遍。如以上的例子就是將「下（第四聲）雨（第三聲）」錯讀成了「鯊（第一聲）魚（第二聲）」。

其實在教學工作中，學員讀錯聲調的情況非常普遍。記得有一次上課時也遇到類似的情況，那次説話的題目是關於服飾，一位同學在做陳詞總結時是這樣説的：「……我覺得穿衣服最講究的，就是屍體整潔。」全體同學嘩然，最後才搞清楚，原來她想説的是「適（shì）體、整潔」，而不是「屍（shī）體整潔」。這樣的例子還有很多，如：「優惠（yōuhuì）」説成「油灰（yóuhuī）」，「研究（yánjiū）」説成「煙酒（yānjiǔ）」。

廣州話的聲調有九個，而且其中還保留了由古漢語遺留下來的入聲，如：「穀（guk⁷）」、「畜（tsuk⁷）」、「粥（dzuk⁷）」等等；而普通話只有四個聲調，從表面上來看，似乎廣州話更難掌握。但廣州話的入聲字在歸入普通話的四聲時，沒有一定的規律可循，因此給香港人學習普通話的聲調帶來了一定的困難。看來要學好普通話還真得下點功夫才行。

「包二奶」是甚麼「奶」？

張勵妍

記得前陣子有一段新聞，説內地某地方有一家賣奶品的食店，用上「包二奶」作店名，被認為有悖文明道德，最終有沒有被禁用不知道，但這個語言現象卻值得討論。「包二奶」挪用「雙皮奶」、「高鈣奶」的結構，讓人聯想到奶類飲料，只有在普通話地區才會發生。當初「包二奶」一詞向北入侵，普通話把它唸成「bāoèrnǎi（與「乃」字的普通話同音）」，聽起來便覺得很別扭，在廣州話，「二奶」，還有「師奶」，跟「牛奶」、「花奶」、「朱古力奶」……，絕不會混在一起，前者讀成高平（第一聲），是個變調，專指某些特別身份的女性，而後者是飲料，普通話把這兩個音混成一音，在廣東人看來，就有點可笑（「師奶」也有北上趨勢，同樣唸成nǎi）。我很主張，「二奶」的普通話也不妨唸成「èrnāi」。

「奶」在字典上確實沒有nāi音，但這種情況在「打的」裏就存在，我們知道，普通話的「打的（坐出租車）」讀dǎdī，「的」在字典上也沒有dī音，「的士」唸díshì，但很奇怪，口語裏説「打的」時，卻用dī音，我推測，這個音是從廣州話高入聲的「的」

轉來。

另外，有一個字很難考究，那就是「焗」字，它是一個方言用字，我們當然知道焗是怎麼樣的一種烹調方法，「焗爐」在香港很普遍，普通話一般改說「烤箱」，但「鹽焗雞」當然不能改說「鹽烤雞」。「焗」字現在在普通話也普遍起來了，唸 jú 音。不過，字典上的「焗」字卻沒有收入「焗油」這個詞條，而在北方人口中，這個「焗」字讀第一聲，「焗油」就是 jūyóu，這個音的來歷很難解釋，廣州話「焗」是個低音聲調的字，轉為陰平聲並不自然。

還想一提的是「埋單」，說普通話的人並不按「埋（mái）」字的音來說這個詞，而是直接把廣州話的音讀出。我估計，說話的人當初很有可能不知道這個詞語的寫法，後來，有些人自作聰明把它寫成「買單」（普通話這兩個字就跟廣州話的「埋單」發音一樣）。因此，你在內地用普通話喊結賬時，切忌不要說「結賬」（你會顯得很土氣），還要切忌不要說「埋（mái）單」（這是你自作聰明），一定要說「買（mǎi）單」。

「和」字五讀

周立

普通話中有不少多音字，「和」字就是一例。

「和」在多數情況下讀 hé，如：「和平（hépíng）」，「我和他一起學普通話」。這裏不少人受廣州話影響，把 hé 讀成 wó；也有讀成 k 的，「喝水」變成了「瞌睡」。因此，發音時要注意。

「和」的另一個讀音是 hè，是「和諧地跟着唱」的意思。許冠傑在台上唱「命裏有時……」，歌迷在台下呼應「……終須有」，「命裏無時……」，「……莫強求」，這就是「和（hè）」。依照別人詩詞的體裁做詩詞也叫「和（hè）」，如：《七律 · 和郭沫若先生》。常見的詞語有「一唱百和（yīchàngbǎihè）」，「曲高和寡（qǔgāohèguǎ）」等等。

打麻將或鬥紙牌時，某一家的牌合乎規定的要求，取得勝利叫「和了（húle）」(「和」不能寫成「糊」)。順帶一提，「啤牌」的普通話説法是「撲克牌（pūkèpái）」，「玩啤牌」叫「打撲克（dǎpūkè）」。

「和」還唸 huó，與「活」同音，是指在粉狀物中加液體攪拌或揉弄使其具有黏性，最常見的是「和麵（huómiàn）」。北方人喜歡吃饅頭、餃子等麵食，和麵是必不可少的工序。先把乾麵粉堆在一起，挖空中間，一邊加水一邊攪拌，等成了形再用力揉搓。麵食在口感、品質等方面的好壞，和麵此工序起了關鍵作用。

加水攪拌，使原來的東西變稀，或把粉粒狀的物質攙和在一起，都叫「和（huò）」。例如：「芝麻醬裏和點糖」，「花椒粉裏和點鹽」。普通話裏有個經典的詞語，如：「和稀泥（huòxīní）」，它比喻無原則地調解折衷。比方說，老闆認為葡萄是甜的，老闆娘認為葡萄是酸的，二人爭執不下，就讓夥計評理：「你說，這葡萄是酸的還是甜的？」夥計該怎麼辦呢？他會說：「這葡萄是……酸甜的！嘿嘿……酸甜的……」這就是「和稀泥」。北方話也說成「抹稀泥（mǒxīní）」。

讀 huò 音的「和」還可作為量詞，指洗東西換水的次數，像「衣服已經洗了三和了」；也可以指一劑藥煎的次數，如：「這碗藥是二和的」。

現在請你讀讀這句話：「麻將和（hú）了，他一邊和（hé）朋友和（hè）詩，一邊叮囑太太和（huó）麵時少和（huò）點兒糖進去。」「和」字的五個讀音都記住了嗎？

得了

周立

「飯得了」、「得了吧」和「不得了」，其中三個「得了」的意思一樣嗎？

「飯得了」中的「得了（déle）」表示「完成」，比如：「房子蓋得了。」「畫兒畫得了。」「得了吧」中的「得了（déle）」一般用在結束談話的時候，表示同意或禁止；算了；行了，比如：「得了，就這麼辦吧。」「得了，你少説兩句。」「你打個電話就得了。」「得了（déliǎo）」則表示情況很嚴重，多用於反問或否定形式，比如：「這還得了？」「不得了！着火啦！」

「得」是普通話中使用頻率非常高的字，它有三個讀音，最常見的讀 dé。發此音的「得」字在單獨使用時，除了表示「得到」，還可以表示「情況不如人意」或「無可奈何」，比如：「得，又遲到了。」「得濟（déjì）」是指得到好處，特指得到親屬晚輩的好處，北方人常説：「早生兒子早得濟。」「得勁兒（déjìnr）」是指舒服合適，「這兩天感冒了，渾身不得勁兒。」「得勁兒」也指「稱心合意」，如：「這種工具用起來挺得勁兒。」

「得」字的第二個音讀 děi。可以表示需要，比如：「學好普通話得用多少時間？」「最少也得半年。」「得」還可以表示意志上或事實上的必要，比如：「你得把功課做完。」「想中六合彩就得靠運氣。」表示揣測的必然也可以用「得」，比如：「趕不上末班車，就得爬山了。」「再不換水魚就得死了。」請注意，「得」的否定形式説成「不用」、「用不了」，不能説「不得」，比如：「買這套房子得用多少錢？」「用不了三百萬，還不用給佣金。」

在北方方言中，「得（děi）」也用得特別多，比如：「得虧（děikuī）」，就是幸虧、多虧的意思，「參加香港中文大學普通話測試的人真多，得虧我來得早，要不就報不上名了。」它還表示「舒服」及「令人滿意」等意思，比如：「新沙發坐着可真得。」

「得」字讀輕聲的時候作助詞，除了常見的用法，還表示可能，比如：「拿得動」、「辦得到」。否定形式要用「不得」，「這件事真讓人急不得，惱不得。」

切磋琢磨

周立

古代把骨頭加工成器物叫「切（qiē）」，把象牙加工成器物叫「磋（cuō）」，把玉石加工成器物叫「琢（zhuó）」，把石頭加工成器物叫「磨（mó）」。後來，人們用這四個字來比喻互相商量研究，學習長處，糾正缺點。

「切」有兩個讀音，除了讀第一聲外，還可以讀第四聲 qiè，如：切身、迫（pò）切。字形上相近的「砌」讀 qì，意思是用「和（huò）」好的泥灰把磚石等一層一層的「壘（lěi）」起，如：堆砌、砌牆等等。「沏」讀 qī，指用開水沖泡，普通話把泡茶叫做「沏茶」。

與「磋」字形相近的「搓」、「蹉」都讀 cuō。「搓」是指兩隻手掌反覆摩擦，或放在別的東西上來回揉，如：「馬上要考試了，可她還沒摸過書，急得直搓手。」「蹉跎（cuōtuó）」是指光陰白白地過去，想想自己一天的工作和生活，這個意思人人都有深刻體會吧。「嵯峨」讀 cuó'é，是山勢高峻的意思，也用於人名，末代皇弟溥傑的太太是日本皇族，名字就叫「嵯峨浩」。「嗟來之食」泛指帶有侮辱性的施捨，「嗟」讀 jiē，古人是不受嗟來之食的，寧願餓死，比之今天的人，古人的骨頭似乎要硬些。

「磨」也是多音字，用於「摩擦」、「磨練」等詞語時讀陽平。「磨合」是內地常用的詞，原意是指新組裝的機器，通過一定時期的使用，把摩擦面上的加工痕迹磨光而變得更加密合，也叫「走合」；現在也指新組合的人事互相適應，比如：「這個團隊才成立三天，沒過磨合期就已經有相當的默契了。」還有一個常用詞叫「磨蹭」，讀輕聲 móceng，原指輕微的摩擦，也指緩慢的向前行進，比喻做事動作遲緩，比如：「飛機馬上就要起飛了，你還在這磨蹭甚麼呢？」「磨」也讀去聲，如：「石磨」、「磨豆腐」，前者是名詞，後者是動詞。

「琢磨（zhuómó）」原意是雕刻和打磨（玉石），現多指加工（文章等）使精美。「琢磨」在多數情況下讀作 zuómo，是輕聲，表示思索、考慮的意思。順帶一提，與「琢」字同旁的「啄（木鳥）」讀 zhuó，別唸錯了。

十億元！

周立

最近，寫了一篇題為「一字怎麼讀」的小文，讀者反應相當熱烈，讓我進一步談談「一」的變調問題。正好看了中國國家語言文字工作委員會的一篇文章，受了些啟發，就多說幾句。

一般情況下，「一」在第一聲至第三聲前讀成第四聲，比如：「一張」、「一條」、「一本」。在第四聲前讀成第二聲，比如：「一套」、「一塊」。在「A一A」結構中讀輕聲，比如：「想一想」、「看一看」。

「一」的變調		例詞
在第一聲前	讀第四聲 yì	一張（yì zhāng ）
在第二聲前		一條（yì tiáo）
在第三聲前		一本（yì běn）
在第四聲前	讀第二聲 yí	一套（yí tào）
在「A一A」結構中	讀輕聲 yi	看一看（kàn yi kàn）
單用或用在詞尾	讀本調 yī	一（yī）；第一（dì yī）

在百、千、萬、億等數位前，「一」要變調，讀成「yì(百)」、「yì（千）」，「yí（萬）」、「yí（億）」。如是連續的數字，只有開頭的「一」需要變調，中間和末尾的都不變。例如：「一萬一千一百一十一」，只有「萬」前面的「一」變調讀成 yí，其餘的都不變。金額的讀法也一樣，像「一塊一毛一」，只有「塊」前面的「一」變調讀成 yí，後面的不變，還讀 yī。

「一」在詞尾時仍讀原調 yī，比如：「專一」、「統一」、「唯一」。

有一點很重要，不管「一」的後面有其他的字，還是表示數字，只要是在詞尾，「一」都不能變調。比如：「第一（名）」、「十一（元）」等等，這裏的「一」都是詞尾，不能變調。如果認為「一」字後面有個讀第二聲「元」而盲目變調，那麼「十一（yī）元」就變成「十億（yì）元」了！真要是這樣就好了！

古人陳沆用十個「一」字寫了一首詩——《無題》，對記讀「一」的變調很有幫助。你可以讀讀看：

一帆一槳一漁舟（yì fān yì jiǎng yì yúzhōu），
一個漁翁一釣鈎（yí ge yúwēng yí diàogōu），
一俯一仰一頓笑（yì fǔ yì yǎng yí dùn xiào），
一江明月一江秋（yì jiāng míngyuè yì jiāng qiū）。

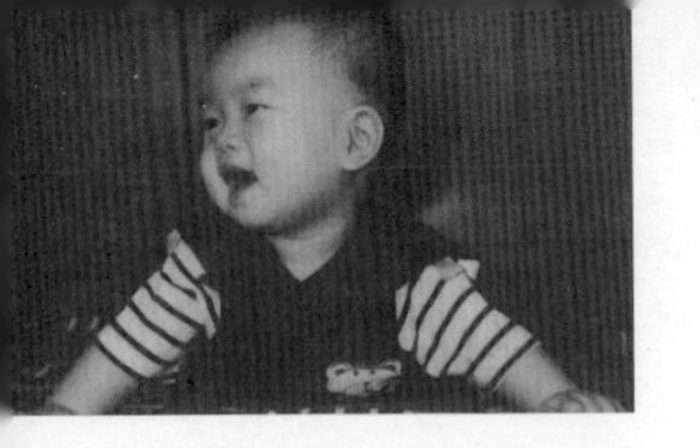

兒化和小稱

林建平

普通話的兒化不是一種單純的語音現象，它在語言中有着修辭或表示一定的語法功能的作用。形容細小、輕微、短暫的性質或形狀（小稱），例如：小孩兒、小鳥兒、小魚兒、小雞兒、一會兒、冰棍兒、小事兒、沒事兒、門縫兒、火柴棍兒、牙籤兒，等等。

2005 年出版的《現代漢語詞典》（第五版）收錄了 340 條「小」詞條（凡名詞前加形容詞「小」，多可加兒尾），其中含 21 條兒化詞，較常用的列舉如下：

詞條	釋義
小白臉兒	指皮膚白而相貌好看的年輕男子（含輕視意）。
小不點兒	形容很小，或指很小的小孩子。
小抄兒	考試作弊的人所夾帶寫有考試內容等的紙條。
小大人兒	說話、行動像大人的小孩兒。
小褂兒	貼身穿的中式單上衣。
小孩兒	兒童。也說小孩子。
小伙兒	小伙子（多含親熱或讚美意）。
小妞兒	小女孩兒。妞，讀第一聲。

（續）

詞條	釋義
小人兒	對未成年人的愛稱。
小人兒書	裝訂成冊的連環畫。
小心眼兒	氣量狹小。

普通話兒化韻是表示小稱的一種手段，詞在兒化後增加細小、可愛或由此引申出輕視的意義（如：小偷兒、小流氓兒）。漢語方言表示小稱並不只限於兒化一種方法。吳語很多方言「兒」就讀 n 或 ng，也同樣可以產生兒化音變。我們熟悉的廣州話，有時用調值的變化表示小稱，例如：「貓兒」讀作「貓兒（ji^{4-1}）」，「汗毛」讀作「汗毛（mou^{4-1}）」；形容小雨、微雨時，讀作「雨微（$méi^{4-1}$）」等等，由第四聲的陽平調變讀為第一聲的陰平調，即由低平調變讀為高平調。也有一些由陽上調變讀為高平調的，例如：「腳趾尾」（小拇趾）讀作「腳趾尾（$méi^{5-1}$）」。人們把這些變調稱為「高平變調」或「小稱變調」。

廣東的信宜話小稱變調比廣州話要豐富得多，不論原來是甚麼調類，小稱時一律變為高升調，變調規律比較明顯。認識漢語方言的小稱變調，可以幫助我們更全面地了解普通話兒化的來源與作用，以及普通話和方言之間的相互關係。

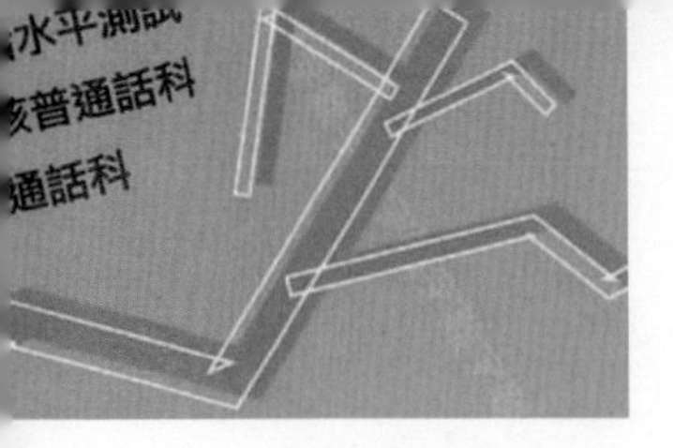

普通話水平測試的易錯字

周立

最近，不少讀者要求我們多談談普通話水平測試（PSC）的內容，特別是詞語認記的部分。正好，香港中華書局出版了一本工具書，叫《普通話難字 1000》，把港人在普通話學習和 PSC 中容易讀錯的字作了個總結，有心參加測試的朋友們可以參考。

中國國家語言文字工作委員會的《普通話水平測試實施綱要》（2004 年，北京商務）要求，測試需要認識的常用字約 3,700 個。從字音角度看，廣州話和普通話能相互類推的字有很多，比如：「跟」和「波」的粵普兩語發音就非常接近。語言學習理論認為，「類推」是一種學習心理，又叫「遷移」（transfer）。比如：「跟根」和「波玻」都能分別成功類推出普通話音 gēn 和 bō，這就是「正遷移」。利用這種「類推」策略學習普通話，往往是奏效的。

不過，遇到非單一對應的情況，就容易變成「過度類推」，比如：「斤（jīn）」和「坡（pō）」，若跟隨廣州話同音的「跟（gēn）」、「波（bō）」類推，就會出錯，這種由差異而產生的錯誤類推就是「負遷移」。有鑒於此，《普通話難字 1000》按粵音同音或近似音編組，對應普通話的不同讀音，幫助學習者對比辨析。我們看幾組例子：

在廣州話中，這四個字的讀音是一樣或近似的，但它們的普通話讀音卻大相逕庭：階段（jiēduàn）、街道（jiēdào）、佳期（jiāqī）、楷書（kǎishū）。順帶一提，「皆」同讀 jiē，同旁的「揩（油）」讀 kāi。你讀對了幾個呢？

度（dù）、道（dào）、蹈（dǎo）、導（dǎo）。孤立地記單字不容易記牢，最好配上詞，再橫向聯繫，觸類旁通；比如：溫度（wēndù）、渡（河）、（姓）杜、（忌）妒、鍍（金）都同讀 dù；道路（dàolù），盜（賊）、悼（念）、稻（米），都同讀 dào；還有：舞蹈（wǔdǎo）、報導（bàodǎo），請留意「報導」不同於「報道（bàodào）」。

劉錦=流感？

張勵妍

我們説普通話時，常常會把字音弄錯，字音唸錯的類型一般有下面幾種：

第一是字音混讀，如：把「感(gǎn)」跟「錦(jǐn)」混為一音。香港有一套電視劇其中的一個角色叫「劉錦」，取其跟「流感」諧音製造諧趣，可是「錦」、「感」雖然是在粵音中同音，但在普通話裏卻是字音迥異，因此，學習普通話的人士常常將這兩字的字音混淆。

學習中利用這種「類推」策略，本來是很常見的，由於粵普存在對應關係，策略也往往是奏效的，如：天、班、沙、中、優……，廣州話讀陰平，廣州話陰平對應普通話陰平（第一聲）很少會出錯。聲母和韻母的情況也一樣，如：大、讀、掉、等……，從廣州話的d聲母類推普通話的d；如：龍、紅、送、容……，從廣州話的ung韻母類推普通話的ong，規律都是很正常的。

不過，用這種策略應付那些非單一對應的情況，就變成「過度類推」，混讀的錯誤就出現。「感」、「錦」就是一例，還有很多字，如：廣州話的 g，普通話分讀 g、j 聲母的，有：夠（gòu）、九（jiǔ）、甘（gān）、交（jiāo）……；廣州話的 am，普通話分讀 en、in 韻母的，有：跟（gēn）、斤（jīn）、針（zhēn）、浸（jìn）……，這些字也就出現混讀，比如把「交」讀成 gāo，把「浸」讀成 zhēn。另外，有少數字屬於對應規律的例外，這些字出錯的機會更高，如：「襪」不唸 mì，而唸 wà；「貞（zhēn）」不唸 -ng，而唸 -n。

容易混讀的字牽涉的範圍很廣，但卻可以利用對應規律把它們找出來，有針對性的對付。我在教學中進行這類字音記認的練習，對學員幫助不少。

第二種錯誤類型是多音字分辨不清。如：「漲」在「頭昏腦漲」中音同「帳（zhàng）」，但在「漲潮」中音同「掌（zhǎng）」。廣州話也有一字多音的現象，但情況跟普通話的並不完全一樣，如：「漲」在廣州話就沒有上述的兩讀。這些字正是我們學習普通話時準確發音的難點。還有些字在普通話有文白兩讀，而廣州話不分，如：「薄（bó）」跟「很薄（báo）」中的「薄」；「熟（shóu）」跟「很熟（shú）」中的「熟」，讀音不同，這都需要下苦功去記住。

第三類容易錯的字是一些難字（生僻字）。如：「隘（狹隘 xiá'ài）」、「闡（闡述 chǎnshù）」、「騁（馳騁 chíchěng）」等字，人們容易「有邊讀邊」，這些字也是學習的難點。

一盤菜和一盆菜

張勵妍

粵語中的「盆」和「盤」因讀音相同，故使用起來常常也搞不清它們的分別，混用的情況也很普遍，就以吃盆菜為例，有時候看到，「盆菜」也有寫成「盤菜」的。

廣東人吃的盆菜，很有地方的風味，它的特色，就是用盆子盛菜，不同的菜式，一層一層都鋪在盆子裏，盆子端出來，一大盆菜夠一桌人吃。一盆有多大？想想洗臉用的臉盆，洗澡用的澡盆就知道。「一盆菜」如果換成「一盤菜」就大不一樣了，一盤又有多大？「盤」讓人想到托盤、茶盤兒，「盤子」的解釋是：「盛放物品的淺底的器具，比碟子大」，北方人常常也就把碟子説成盤子，一盤菜也就是一碟菜。因此，吃「盆菜」如果變成吃「盤菜」，那大家非要餓肚子不可了——那不光是因為分量少，在普通話，「盤兒菜（pánrcài）」指的是「搭配好並切好出售的生的菜餚」，生的菜，可不能現吃！

北方人絕不會把「盆」和「盤」弄錯，在普通話，一個是「pén（盆）」，一個是「pán（盤）」，説「臉盆（liǎnpén）」是洗臉的盆子，換成「臉盤兒（liǎnpánr）」卻是臉的輪廓，完全不同。又比如：「盆地（péndì）」，還有人的「骨盆（gǔpén）」，因為形狀像「盆」，故用「盆」字，不能誤作「盤地」、「骨盤」（或「盤骨」）。

「盆」、「盤」的用法各有不同，根據它們的基本意義，就比較容易區別開來：

盆 （pén）	盆子（pénzi） 盛東西或洗東西的器具，口大，底小	例如：花盆、盆栽、盆景、臉盆、聚寶盆、骨盆、臨盆、盆地
盤 （pán）	盤子（pánzi） 盛放物品的淺底的器具	例如：冷盤、拼盤、地盤、一盤散沙、茶盤兒、托盤、和盤托出

雨下得很大，是「傾盆（pén）大雨」，還是「傾盤（pán）大雨」，當然不是「盤」，只要想一想「盤」是較淺的器具，要潑水，還要潑大水，當然要用「盆」——「傾盆大雨（qīngpéndàyǔ）」，我們說「一盆水」也是用「盆（pén）」。廣州話裏倒是有「一盤水」的說法，「水」為「財」，「一盤水」是「一萬元」的意思。

「濤」與「桃」

張勵妍

一位友人取名叫「素卿」，有些朋友普通話説不好，把她叫成「素馨（sùxīn）」。其實，「卿」的發音，是「年輕」的「輕（qīng）」，並不同於「溫馨」的「馨（xīn）」。廣東人會混的還有「慶（qìng）」和「興（xìng）」，把「慶祝」説成「興祝」，把「興高采烈」説成「慶高采烈」。有些字在廣州話同音，字形也相近，確實很難區分，利用常用的詞語來記憶是個有效的辦法：

讀q	國務**卿**（guówùqīng） **慶**祝（qìngzhù）	**罄**竹難書（qìngzhú nánshū） 年**輕**（niánqīng）
讀 x	**興**高采烈（xìnggāo cǎiliè） 溫**馨**（wēnxīn）	**興**旺（xīngwàng）

中國國家主席胡錦濤（Hú Jǐntāo）的名字也常聽到有人唸錯，以為「濤」跟「桃（táo）」同音。要記住：「濤」讀第一聲「波濤（bōtāo）」，跟「桃」等很多第二聲的字不同「**桃**子（táozi）」、「**淘**氣（táoqì）」、「**陶**冶（táoyě）」。但注意，有一個「掏」字也讀

第一聲「掏錢（tāoqián）」。

對聲調的判斷，廣東人遇到的困難也不小，混淆的情況也挺嚴重，例如：跨丶和誇－，眶丶和筐－，績丶和積－，紮－和扎ㄧ，就很難區分，用組詞的方法，比較容易記住，下面把容易錯的字列出組成詞，方便記憶：

讀第四聲	**跨**越（kuàyuè）	**挎**包（kuàbāo）	**胯**下（kuàxià）
讀第四聲	眼**眶**（yǎnkuàng）	鏡**框**（jìngkuàng）	
讀第四聲	成**績**（chéngjì）	痕**跡**（hénjì）	古**蹟**（gǔjì）
讀第一聲	包**紮**（bāozā）	駐**紮**（zhùzhā）	**扎**針（zhāzhēn）

上面的「紮」，時讀翹舌音 zhā，時讀平舌音 zā，這也讓廣東人無所適從，同類的例子還有「似」，「**似**乎（sìhu）」、「相**似**（xiāngsì）」讀平舌音，「**似**的（shìde）」讀翹舌音。

另外有些字，形旁相同，你以為可以類推讀音，很容易上當，因此要小心，注意分辨平舌還是翹舌：

平舌音	**翹舌音**
速度（sùdù）	結**束**（jiéshù）
隧道（suìdào）	**墜**落（zhuìluò）
倉庫（cāngkù） **滄**海（cānghǎi）	**瘡**疤（chuāngbā） **創**造（chuàngzào）

Cí

Huì

Dà

Běn

詞彙大本營

íng

「辛苦」與「難受」

何偉傑

香港人說普通話，常常會出現廣州話的習慣說法，表面上看，好像沒有問題，但事實上不合乎普通話的標準。例如：「這本是新書來的」，或者說：「有沒有搞錯」等等。其實普通話都不那麼說，前面一句，該說成「這本是新書」便行，後一句可以說成「怎麼搞的」。

「辛苦」這個詞，廣州話和普通話都用得上，可是在廣州話裏的「辛苦」，可以表示很多意思，香港人說普通話時很自然也就照用。我們常聽到：「好辛苦呀，搬不動了！」這個時候的「辛苦（xīnkǔ）」，比較貼切的普通話說法應該是「累死了」。又比如說：「臥病在床，下不了地，好辛苦。」這裏的「好辛苦」應改為「很難受」。「文章那麼長，背得很辛苦」若改為「文章那麼長，背起來很吃力」，則比較符合普通話的說法。再看看這一句：「演唱會上，連續唱了三個小時，真辛苦。」這裏的「真辛苦」，換上普通話慣用語「真夠嗆（zhēn gòu qiàng）」，就更加生動傳神了。比較以下句子：

廣州話	普通話
冷氣壞咗，熱得好辛苦。	空調壞了， 熱得「很難受（hěn nánshòu）」。
行得咁辛苦， 坐低休息一陣。	走「累（lèi）」了， 坐下來休息一會兒。
字咁細，睇得好辛苦。	字太小，看起來很「吃力（chīlì）」。
要一個鐘頭寫四份報告，好辛苦。	一個小時要寫四份報告， 「真夠嗆（zhēn gòu qiàng）」。

普通話形容工作困難，通常用「艱苦（jiānkǔ）」，例如：「他不怕工作艱苦，要努力完成任務。」那麼甚麼時候才用上「辛苦」呢？通常是表示客套或問候時使用，例如：老闆向職工慰勞：「各位辛苦了！」或者説：「辛苦了，辛苦了。」職工禮貌地回應：「不辛苦，不辛苦。」

「同房」和「同屋」

何偉傑

港式普通話最引人發笑的其中一個例子，就是分不清「同房」和「同屋」兩個詞。港人到內地旅遊或者公幹，在介紹自己的室友給別人時，往往會說「我跟他『同房』」。於是滿座的人都會愕然。因為普通話裏，「同房（tóngfáng）」有一個意思，是夫婦「圓房（yuánfáng）」即是行周公之禮（夫妻過性生活）。你這麼一說，怎麼不讓聽者聽得「一頭霧水」呢？

準確地說，廣州話的「同房」，普通話叫做「同屋」。因為普通話裏的「屋子（wūzi）」，意思是廣州話的「房」，而普通話的「房子（fángzi）」，意思和廣州話的「屋」相同。所以廣州話說「買屋」，普通話說「買房（mǎifáng）」；廣州話說「入房坐」，普通話說「屋裏坐（wū li zuò）」。以後千萬要搞清楚，不要再鬧笑話了。

下面還有更多例子：

廣州話	普通話
呢間屋有兩廳四房。	這座房子，有兩個客聽， 四個卧房（卧室）。
而家嘅屋價， 已經超出一般人嘅負擔。	現在的房價， 已經超過一般人的負擔。
間房立立亂，執下佢啦！	屋子裏一團糟，收拾一下吧！
入房先除鞋。	進屋子先把鞋脱掉。
仔女都咁大個， 要分房瞓啦！	兒女都這麼大，要分屋子睡了。
隔籬房嗰個阿叔， 好耐都無工開囉。	鄰屋的叔叔，好久沒工作了。

從「死機」說起

黃虹堅

一個朋友寄了封電郵，問「死機」可否算標準書面語進入香港普通話教材。

我回答：2005 年 5 月前不可，現在可以了。請看 2005 年 5 月出版的《現代漢語詞典》第五版第 1292 頁：「死機」指的就是電腦出問題，圖像靜止不動，無法正常操作。

此即港人所言的「down 機」或「hand 機」。

2003年編一套普通話小學教科書時，雖北方口語早已流行「死機」一詞，但《現代漢語詞典》第四版還沒有收進這個詞。該如何教「down 機」或「hand 機」的漢語標準詞呢？當時用了迴避的辦法，說是「電腦壞了」。

如果當時現代漢語早已吸收了「死機」為標準詞，問題不就簡單了嗎？

在語言學中，「社會用語」這一專題最大的特點，是其內容更新相對比較快，隨着社會生活的變化、發展，語言文字會隨之變化出許多新詞、新句子、新說法。

普通話有一部分詞彙來自各地方言。《現代漢語詞典》作為普通話學科的權威工具書，也在不斷地吐故納新。面對中國社會生活的急速轉變，它不斷地淘汰了一些坊間少用甚至不用的詞；吸收了部分已在廣泛使用、但未被標準化的詞。這些詞進入《現代漢語詞典》，就是標準書面詞語了。

香港人在豐富現代漢語詞語方面，可謂功不可沒。這也體現出具備經濟實力的地區，其語言影響力不可小覷。《現代漢語詞典》第五版就把許多由港人創造而又具有活力的詞收了進去，使之成為十幾億人口使用的標準詞了。

這一類詞為數不少，隨口一說就有：搞笑、炒魷魚、煲電話粥、買（埋）單、按揭、高企、穿幫、減肥、生猛、海鮮、烏龍球、旺舖、包二奶……。

不少香港普通話教材闢有「粵普對照」一欄，較舊的版本就會對照得很勉強很彆扭。如：「減肥」過去用普通話説，要説成「去掉身上多餘的脂肪」；「煲電話粥」要説成：用電話長時間地聊天；「炒魷魚」則是「解僱」的意思。

現在則可以用普通話説：她上班成天煲電話粥，跟人討論各種搞笑的減肥方法，哪天穿幫了，老闆不炒她魷魚才怪呢！

瞧，這有多麼生動，多麼直接，多麼痛快！

「也」和「都」

曹原

在教學當中，常聽到學生用普通話進行以下的對話：

【例一】

甲：我最怕說話練習，準備了很多內容，一緊張起來甚麼也忘了。

乙：我都是啊！

【例二】

甲：這次老師佈置的功課很難，可能把大家的分數全拉低了。

乙：我都是這樣想。

「我都是啊！」「我都是這樣想。」這些話用廣州話說出來，意思很清楚，表示與對方有相同的感覺。但用普通話說出來，聽起來就有點怪。

學生們在練習當中還會說出這樣的話來，例如：

1. 我甚麼書也看，看個不停。

2. 這裏面的每一個也是小孩子。

3. 教育改革是要學校甚麼也改。

4. 他整天也是這樣，沒辦法！

這些話聽起來也挺彆扭。

以上例子就是典型的「也」和「都」在使用上的混淆。

讓我們對照看看《現代漢語詞典》的解釋。「也」和「都」同樣可做副詞，但用法有所不同，比較如下：

也——用於可對比、比較時，通常有對比項，表示同樣。

例：1. 他去，我也去。 2. 我也是這麼做的。

都——指範圍時，表示總括，包含了所有、全部及任何情況。

例：1. 他全家都是搞教育的。 2. 他對甚麼事都感興趣。

通常這類句子中都用一些絕對性的詞來搭配，如：無論、所有、全部（全）、任何、幾乎、甚麼、每一……，例如：「每一次都給我留下了深刻的印象 / 幾乎所有的人都餓死了」。

因此可見，上述例一和例二的對話，學生應該回答說：「我也是（這樣）」，「我也是這麼想的」；而下面四個例句中用「也」的地方，應改為「都」才對。

綜觀上述兩類例子，學生們「都」、「也」不分的原因是，在粵方言口語習慣中，大家甚麼都用「都」；而學生們在其中文書面語的學習中，又學了「也」字，大家以為說普通話就應該用中文書面語，而並沒有弄清楚在普通話語意裏，「也」和「都」也是有分別的，所以就把口語中的「都」字，一律刻意改為「也」來說，要麼乾脆就照用廣州話直譯為「都」。可見，香港地區學生說的口語（廣州話）與所學的書面語（中文）的語體的不一致性，給普通話口語的學習帶來了一定的困擾。因此，有必要把常見的一些錯誤類型整理出來，讓學生加深認識。

談「生」

杜宇

佛教認為，生老病死是人生必經的四種痛苦。《法華經科註》：「生老病死，四苦也。」中國人特別忌諱談到這四苦中的三苦——老、病、死，那就讓我們暫且將其擱置一旁，來談談「生」吧。

如果身邊的女性朋友跟你說：「我有了。」這就表示一個新的生命即將誕生，你的朋友即將承擔起生兒育女的重任，我們通常也稱之為「懷孕」、「有喜」、「妊娠（rènshēn）」，再通俗一點兒的叫法是「大肚子」；你在公共汽車上，常常聽到售票員「吆喝（yāohe）」：「哪位給大肚子的讓個座兒？」意思就是說誰能讓一個座位給懷了孕的女士坐，你可千萬別誤會大胖子坐車有優待。而懷孕婦女所面臨的「第一苦」，則是「害喜」，指因懷孕而噁心嘔吐、食慾異常；有的地區說「害口」，醫學上稱之為「妊娠反應」。幾經磨難，雖然小寶寶是哭着來到這個世界的，但個人還是覺得「出生」不能算作一苦。

要想在這個世界生存，首先面臨的問題就是要學習、學習再學習。一個兩歲多的小人兒開始進入學校，稱為「上幼兒園」。通常

「上學」應詮釋為：(1) 到學校學習；(2) 開始到學校學習。我們在這兒可以理解為「到幼兒園學習」或「開始到幼兒園學習」。

在香港，「幼兒園」與「幼稚園」於概念上是有明顯分別的，而在內地，我們統稱為「上幼兒園」，《現代漢語詞典》中對「幼稚園」有如下的解釋：幼兒園的舊稱。香港的幼稚園分成低班、中班和高班，而內地的幼兒園則分為小班 (三至四歲的兒童)、中班 (四至五歲的兒童) 和大班 (五至六歲的兒童)。

上完幼兒園就得上小學，小學畢業後要上中學，中學的前三年，我們稱之為「初級中學」(簡稱「初中」)，而後三年則稱為「高級中學」(簡稱「高中」)，讀完高中接着就要考大學，相信這是每一位父母對子女的最基本的希望。

當我們花了很多時間讀完書後，我們又要進入工作—結婚—生兒育女的循環周期，新的生命又將誕生，新的人生經歷也將同時掀開新的一頁。

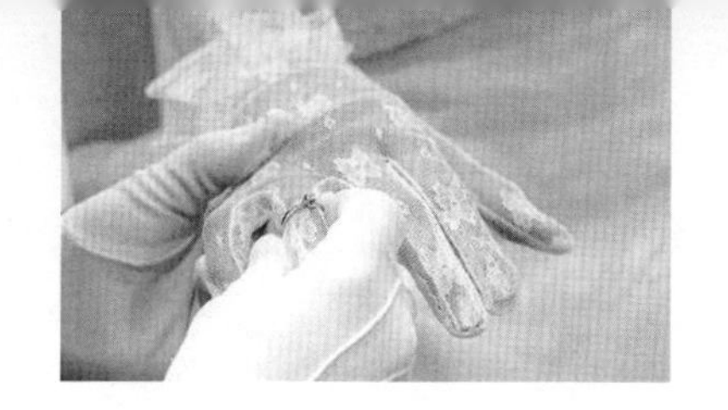

先生和太太

張勵妍

「× 生」、「× 太」這兩種稱呼，在廣州話中很普遍。如果要稱呼「陳生」，「生」要用白讀音，不能讀作 seng[1]（笙），「陳太」的「太」要用變調，不能讀作 tai[3]（泰）。廣州話這種稱呼，當然只能用於口語，不過，香港人口語入文的情況很普遍，因此，也曾看到直接把「× 生」、「× 太」寫出來的，這樣一來，就會引起誤會了。

聽過內地來的朋友說，看到商店門口張貼寫上「平！」或「全港至平！」的標語，大感疑惑，問：商店哪一處比人家「平」呢？他理解的「平」是「平坦」的「平」，不會想到是「便宜」的意思。同樣，外地人看到陳生和陳太，會理解為是個姓陳名生的人和一個姓陳名太的人！我們知道，「× 生」、「× 太」在普通話不省略，說成「× 先生」、「× 太太」。

「先生」、「太太」這兩個稱呼，也常常用於稱呼自己的配偶，在香港，這種用法就很常見，如：「我先生姓陳」或「這是我太太」。

在普通話的應用上，「先生」和「太太」的使用頻率遠比不上香港，夫妻二人向別人稱呼自己的另一半時，內地過去比較通用的是「愛人」。這叫法，男方女方都可以用，說「我愛人」指的就是自己的丈夫或妻子，沒有結婚的倒不能亂稱「愛人」。現在用「老公、老婆」比較多；在香港，「老公、老婆」也很通行，但感覺上比較俗，較正式嚴肅的場合較少用，因此很多人都以為這是方言口語，覺得說普通話時是不能用的，有的人寧可使用「我丈夫」、「我妻子」的說法，認為比較規範。

其實，「丈夫」和「妻子」都是書面語的詞彙。在普通話口語裏，稱自己的配偶還有一些比較通俗的說法，如：我那口子、我那一半兒、我那位；也可以說作「孩子他媽／娘」、「孩子他爸／爹」，或直接用孩子的名字，如：「小燕他爸」等。

丟、掉、扔

張勵妍

廣州話說「我跌咗個銀包」，普通話怎麼說？一般聽到的答案都是：「我的錢包掉（diào）了。」

「跌咗銀包」到底是甚麼意思？一般理解為錢包不見了，「跌」是「遺失」的意思。普通話除了用「掉」，更常見的是用「丟（diū）」，廣東人對這個字好像有所忌諱，因此少用，其實在普通話口語裏是個常用詞，如：「丟臉」或「丟人」表示沒面子，「丟棄」、「丟掉」表示拋棄，上面一句話，也可以說成：「我的錢包「丟（diū）了。」

「掉了」其實還有一個意思，也很常用，就是「掉落」，指「從上面落下」，如果說人「錢包掉了」，可能是指他的錢包從桌上或褲兜掉到地上；又如說「你的書掉了」，「你的衣服掉到地上了」，「它一喊，嘴裏的肉就掉到河裏了」。

廣州話中，「掉」可以表示「丟棄」，如：「唔好隨處掉垃圾」，但普通話可不能說成「不要亂掉垃圾」。如果你說了這一句：「我掉了我的舊皮包」，人家只會認為你的皮包掉到甚麼地方去了，不知道原來你是把它丟到垃圾桶裏，不要了！這時，你應該用一個「扔(rēng)」字:「我把舊皮包扔了」,「扔」就是「丟棄」，廣州話「掉垃圾」就是「扔垃圾」(「丟垃圾」也行)。

普通話中的「掉」、「丟」、「扔」各有各的用法，這裏再歸納一下：

我把課本給丟了。(丟〔diū〕: 遺失)

我的課本掉了。(掉〔diào〕: 遺失)

你的課本掉地上了。(掉〔diào〕: 落下)

我把舊課本扔了。(扔〔rēng〕: 拋棄)

我把舊課本丟到垃圾桶裏了。(丟〔diū〕: 丟棄)

有些學普通話的朋友，因為對普通話口語表達的方式比較陌生，有時會用上書面的詞語，比如，他們不會説「課本丟了」，而説成「遺失了課本」；不會説「把課本扔了」，而説成「把課本丟棄了」。很多朋友，知道要避免使用廣州話方言詞語，卻誤以為選用書面詞語比較安全，但原來這種書面式的普通話，會讓人覺得「不像話」，反而不自然。

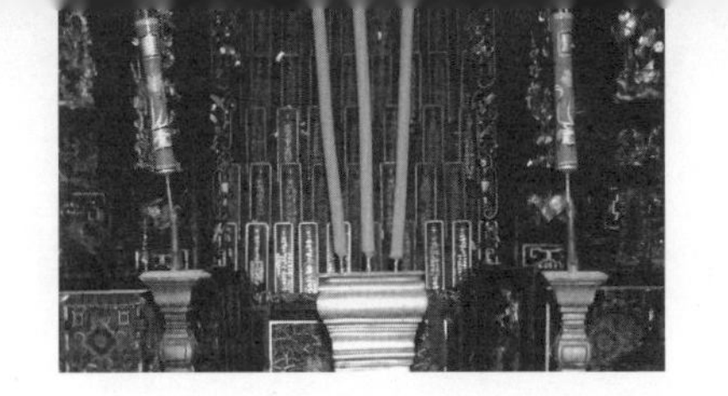

談香說臭

周立

香（xiāng），用木屑攙（chān）香料做成的細條，燃燒時發出好聞的氣味，在「祭祀（jìsì）」祖先和神佛時常用，佛家謂之「信心的使者」。本地人說的「裝香」，普通話說成「燒香（shāoxiāng）」。

「香」指氣味好聞，跟「臭（chòu）」相對，如：「香水」，「這花兒真香」等。「香波（xiāngbō）」是 shampoo 的譯音，即「洗髮水」。芫荽（yánsuī），普通話通稱為「香菜（xiāngcài）」。

除了氣味，「香」還可以指食物的味道好或吃東西胃口好，比方說「他家的飯很香」，「看他狼吞虎嚥的樣子，吃得多香」。形容睡覺睡得踏實也可以用「香」，例如：「你輕一點兒，孩子睡得正香呢」。

人或東西受歡迎、被看中，叫「吃香（chīxiāng）」，例如：「小王工作能力強，在公司裏很吃香」，「這個牌子的數碼相機在內地很吃香」。但要小心，千萬不要把「吃香」說成廣州話的「食香」。

臭（chòu）與香相反，指氣味難聞，如：「狐臭」、「臭豆腐」等，引申為「惹人厭惡的」。一個人高高在上「扮晒嘢」，叫「擺臭架子（bǎichòujiàzi）」；名聲不好，叫「臭名遠揚（chòumíngyuǎnyáng）」。

「臭」也指「拙劣」、「不高明」；下棋技術不佳叫「臭棋（chòuqí）」，寫字不好叫「臭字（chòuzì）」。「臭」有時還能跟「狠狠地（hěnhěnde）」通用：「老闆把他狠狠地罵了一頓」和「老闆把他『臭罵』了一頓」一樣，後者聽起來更解氣。

「臭」還唸 xiù，指氣味，但並沒有難聞的意思，《周易》上就有「同心之言，其臭如蘭」的句子，所以「乳臭」讀成 rǔxiù、「銅臭」讀成 tóngxiù。「臭」也通「嗅（xiù）」，用鼻子辨別氣味普通話也可叫作「聞（wén）」，「你喜歡聞榴槤的味道嗎？」「不行，太臭了！」

「臭」以外還有不少味道：飯、菜等變質而發出的酸臭味叫「餿（sōu）」。「腥（xīng）」是魚蝦等的氣味，如：「做魚的時候放點酒，可以去腥」。像羊肉的氣味叫「羶（shān）」，如：「我不敢吃涮羊肉，太羶了」。本地人把「羶」説成「臊（sāo）」，「臊」其實是指像尿或狐狸的氣味。「風騷」的「騷」有一個義項通「臊」，把輕佻妖媚的女子稱為「狐狸精」看來還是頗貼切的。

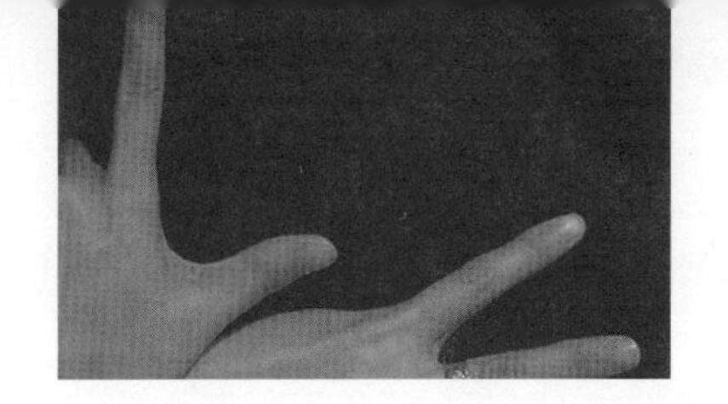

神奇動詞

周立

1. 服務員，來瓶啤酒！

2. 趕明兒咱也來趟自由行。

3. 晚上演火燒赤壁，你來周瑜，我來黃蓋。

4. 他的脾氣你還不知道，誰說他他就跟誰來真的。

5. 等會兒書法示範，您給來兩筆。

6. 現在的「三陪」小姐，誰給錢她就跟誰來。

這六句話中，每句都有「來」字，不用多解釋，大家也能明白它們意思不一樣：第一句的「來」字，表示要求；第二個「來」表示參與；「你來周瑜，我來黃蓋」的「來」表示扮演；「來真的」表示發脾氣；第五個「來」表示寫；最後一個「來」是發生性關係的意思。

但如果要把這個「來」字替換成別的動詞，反而不容易表達清楚。在口語當中，用一個相對模糊的動詞表示做某個動作，以代替意義更具體卻難於表達的動詞，這樣的例子很多。再看一組句子：

1. 電腦壞了，你幫我弄弄。
2. 這事兒非弄清楚不可。
3. 你去弄點子彈來。
4. 好歹弄倆菜就行了。
5. 今年還能弄套房子。

第一個「弄」字，表示修理；第二句的「弄」表示追查；「弄點子彈來」的「弄」表示不擇手段地取得；「弄倆菜」就是炒幾個菜；最後一個「弄」是取得的意思。

除了「來」、「弄」之外，「幹」、「打」、「玩兒」等動詞也有這種神奇功能，比如：

幹

1. 幹煤礦的。
2. 幹了三碗炸醬麵。
3. 我們三口去了趟迪士尼，幹了小兩千。
4. 他惹了你？跟他幹！
5. 幹掉他！

打

打槍、打魚、打傘、打水、打醋、打的、打毛衣、打官腔、打撲克兒、修枝打杈兒

玩兒

玩兒鳥、玩兒股票、玩兒花招兒、玩兒陰的、玩兒深沉、玩兒稀的、玩兒一大跟頭

貓兒膩

周立

「貓」在北方方言中可以用作動詞，有「躲藏」的意思，比如：「你貓在這兒幹甚麼呀？」賦閒在家可以叫「貓在家裏」，比如：「老王下崗後整天貓在家裏。」同樣，女人生完小孩坐月子也可以叫「貓月子」。

北方話有時把「貓」讀成第二聲 máo，表示彎曲的動作，「貓腰（máoyāo）」就是彎腰，也寫成「毛腰」，比如：「小偷貓腰（毛腰）鑽過鐵絲網跑了。」

「貓兒膩（māornì）」是指隱秘的或曖昧的事，比如：「他們之間的貓兒膩我早就看出來了。」花招也可以叫「貓兒膩」，比如：「老王原本是個老實人，從不缺斤短兩，現在也學會耍貓兒膩了。」「貓兒膩」是一個方言詞，但使用的範圍卻相當廣。

貓的飯量很小，人們喜歡用「貓食兒（māoshír）」來比喻很小的飯量，比如：「她正減肥呢，每天就吃那點貓食兒！」餵貓的小魚叫「貓魚兒」，「貓魚兒」是很小的魚。跟團旅行吃飯，如果桌上的魚小得可憐，你就可以怒吼一聲：「別拿貓魚兒糊弄我們！

上條大的來！」

本地人把用欺騙的手段做不合法或不合規定的事稱為「出貓」，普通話的規範説法叫「作弊（zuòbì）」。「貓紙」，北方人叫作「小抄兒」；「出貓」，也説成「打小抄兒」。

有一種名貴的寶石，學名叫作「貓睛石」，俗稱「貓兒眼」、「貓眼兒」，因晶瑩透明、酷似貓眼而得名。

有商家發明了一種用途獨特的小型反光鏡（背面被拋光的厚透鏡），安裝在高速公路的路面上，用以反射汽車的燈光，叫作「道釘」。道釘的內部結構仿照了貓眼的生理構造，所以又叫「貓眼道釘」。有人把安裝在門上用來窺視門外來人的小凸透鏡也叫作「貓眼兒」，但一般習慣叫「門鏡」。

貓的眼睛在不同的時段有不同的形狀，古人細心觀察過，發現貓眼「早暮則睛圓，日漸中狹長，正午則如一綫耳」。

的哥和的姐

林建平

「的哥」是誰？「的姐」是誰？可能讀者們不大了解。在內地，男的士司機被叫作「的哥」；女的士司機被叫作「的姐」。要是筆者當的士司機，榮升為「的爺」了。服務態度好，獲選為「的士明星」，簡稱「的星」。原來，「的哥」和「的姐」都跟 taxi 這種交通工具有關。英語 taxi，在香港被叫作「的士」；在台灣，被叫作「計程車」；在內地，被叫作「出租（車）」；在新加坡，被叫作「德士」。說法不一，卻是同屬一種東西。

坐的士，香港粵語說成「搭的」；時間很緊，想飛快到達目的地，說「飛的」。「的士」作為新詞進入了普通話。1996 年，《現代漢語詞典》（修訂本）收錄了「的士」一詞（的，讀作 di 第二聲），解釋為：出租小汽車（「的士」譯自英文 taxi，已成為一個方言名詞）。坐出租（車），北京人說「要個出租」或「打車」。坐的士，簡稱「打的」。「巴士」比「的士」更早進入了普通話。北京人口語中，經常說「小巴」（也說「小公共」）、「中巴」、「大巴」（大型巴士）。反觀香港人卻很「規矩」，說普通話時；不少人仍說「小型公共汽車」、「公共汽車」。

我到過中小學觀課，個別教師恪守教科書的內容。比如在「交通工具」單元裏，教師出示圖片，提問這是甚麼？學生答道：「巴士。」教師更正說：「不對！應該說公共汽車。」學生又答道：「小巴。」教師又指正說：「不對！應該說小型公共汽車。」學生再次答道：「的士。」教師一本正經地說：「不對！應該說出租車。」這樣嚴格對待「巴士」、「小巴」、「的士」，顯然是違反語言事實的，容易誤導學生，以為普通話只能說「公共汽車」、「小型公共汽車」、「出租車」。實際上，語言生活中，誰會說「小型公共汽車」？

用「的」的語素，構成並衍生一系列的新詞，表列如下：

詞條	說明
板的	指三輪板車。「板的」是個仿造詞，仿照「麵的」而來。
飛的	指飛機，因乘坐的次數多，就像「打的」一樣，故稱。
火的	指火車，因經常搭乘，像「打的」那樣，故稱。
貨的	出租為客拉貨的汽車，仿造「麵的」之類的詞。
驢的	出租的驢車。
馬的	出租的馬車。
麵的	小麵包（麵，簡化作「面」）出租車，全稱叫「麵包車的士」或「麵包的士」，因其車形像麵包而得名。
摩的	載人賺錢的兩輪摩托車。

這些由「的」字語素構成的新詞，的確叫人大開眼界。對開載客摩托車的女性，怎麼稱謂？叫做「摩的女」。絕了吧？絕！

伊妹兒和網絡新詞

林建平

兩個人告別，其中一人說：「保持聯繫，給我發伊妹兒。」這裏的「伊妹兒」，就是電子郵件（簡稱「電郵」）的俗稱，譯自英語 E-mail。現在，是電腦時代，日常生活中，人們都離不開電腦（內地從前說「電子計算機」，今稱「電腦」）。

網絡流行詞語中，大家對「恐龍」、「美眉」、「青蛙」等新詞，比較熟悉。跟上網有關的新詞，也有不少。例如：「網吧」（有電腦可以上網的處所）、「網蟲」（整天沉溺於電腦前上網的人）、「網哥」（男性的上網者）、「網姐」（女性的上網者）、「網警」（專門打擊網絡犯罪的警察）、「網戀」（通過互聯網談戀愛）、「網盲」（對網絡一無所知的人）、「網迷」（對上網着迷的網蟲）、「網民」（指喜愛上網的人）、「網癮」（對上網的迷戀）、「網友」（在互聯網上有來往的朋友），還有「網校」（網上學校的簡稱）等等。其他如：「萬維網」、「網頁」、「網站」、「網址」，大伙兒都耳熟能詳。

其他網絡流行詞語，參見下表：

詞條	釋義
版主	互聯網聊天室、論壇裏各板塊的主持人或主要管理人員。也作「班主」、「版豬」，取其諧音，有戲謔意。
菜鳥	稱電腦或網絡水平低或操作不熟練的人。
大蝦	指電腦或網絡高手，「大俠」的諧音，有戲謔意。
東東	即東西，一些網民故意把「東西」寫成「東東」，有諧趣意。
果醬	「過獎」的諧音。
烘焙機	主頁。譯自英語 homepage，有諧趣意。也叫「烘焙雞」。
酒吧	「98」的諧音，即微軟 Windows98 操作系統，常簡稱為「98」。
酒屋	「95」的諧音。
菌男	俊男。有戲謔意。「菌」（jun，讀第一聲）是「俊」（jun，讀第四聲）的諧音。
恐龍	稱不漂亮的青年女子。香港粵語流行語形容不堪入目的女子，稱作「豬扒」。後來單用一個「扒」字，男女皆可。
霉女	漂亮的女子。有戲謔意。「霉」是「美」的諧音。相對於「菌男」。
美眉	稱容貌姣好的女子。一説「妹妹」的諧音。漢語拼音的縮寫，也作「MM」。
青蛙	稱長得醜的青年男子。
伊妹兒	電子郵件的俗稱。有諧趣意。譯自英語 E-mail。
幽香	「郵箱」的諧音。

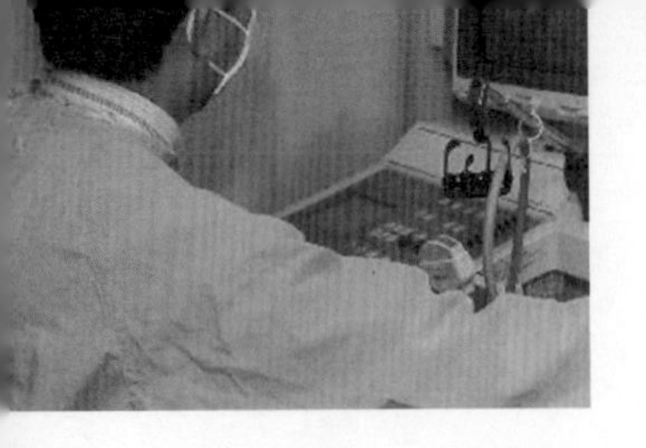

B超和CT：談字母詞

林建平

內地改革開放二十多年來，大量反映新事物、新概念的新詞新語不斷湧現，並且流行起來，涉及到社會生活的各個領域。比如：休閒娛樂離不了 VCD、MTV、卡拉 OK、AA 制；住院看病離不開 X 光、B 超、CT。這裏的「B 超」，是 B 型超聲顯像儀；「CT」則是英文 computerized tomography 的縮寫，即電子計算機斷層掃描。

所謂字母詞語，從使用的文字情況來看，可以分為純字母詞語和字母混用漢字兩大類型。前者如 CT、MTV、VCD 等，後者如 AA 制 B 超、卡拉 OK 等。目前，不同的學者對字母詞語有不同的看法，但是，字母詞語作為一種新的詞語現象，實實在在已經出現在漢語中了。字母詞是現代漢語中新出現的一種構詞現象，值得我們注意。

過去，T 恤、PC 機（個人電子計算機）、X 光等等名詞，曾被一些學者指責為「混血兒」，現在，大伙兒也不覺得刺眼，樂於接納它們了。英語是國際通用的語言。很多英文縮寫直接進入普通話中來，例如：

英文字母詞	相應的漢語說法
CD	激光唱盤。英文 compact disc 的縮寫。
DNA	脱氧核糖核酸。英文 deoxyribonucleic 的縮寫。
DVD	數字激光視盤。英文 digital video disc 的縮寫。
ICQ	網絡尋呼機。英文 I seek you（我找你）的諧音。
KTV	指配有卡拉和電視設備的包間。
LD	激光視盤。英文 laser disc 的縮寫。
MD	迷你光盤。英文 mini disc 的縮寫。
MTV	音樂電視。英文 music television 的縮寫。
VCD	激光視盤。英文 video compact disc 的縮寫。
WTO	世界貿易組織。英文 World Trade Organization 的縮寫。

這些約定俗成的純字母詞給言語交際帶來便利。語言生活中，不論是廣州話，還是普通話，誰還會說「脱氧核糖核酸」呢？都說「DNA」了。有人擔心，現代漢語正出現拉丁字母化的趨勢。我們認為，就現實情況看，字母詞多數是科學技術有關的新詞，在漢語詞海之中，字母詞只不過是滄海一粟。

搞笑新詞語

馮薇薇

習慣了在網上看新聞，最近看內地的新開，愈來愈覺得很多文章的用詞已經超出我所熟悉的範圍。由於長期居住在香港，對內地日新月異的新鮮好玩兒的詞語感覺有點跟不上趟兒。幸好在網絡發達的時代，即使不「回家」，通過上網瀏覽也可以獲得一些內地的信息。

白骨精

《西遊記》是中國四大古典名著之一，規模宏偉，結構完整，想像豐富，情節曲折，語言生動詼諧，別具風格。而其中的「孫悟空三打白骨精」的故事流傳廣泛，幾乎家喻戶曉。其中白骨夫人善變善騙、多鬼點子，孫悟空則善辨善識、敏於洞察，故事由白骨精的「三變」帶出了孫悟空的「三打」。

但是，《西遊記》裏那麼狡猾多變的白骨精到了今天已經不僅僅是那個妖女的代名詞了，它已經被人們賦予了新的意思，那就是：「白領」、「骨幹」和「精英」三者合起來的戲謔化簡稱。所謂「白骨精」的典型職業包括：公關、金融銀行業、人力資源、傳媒等。「白骨精」們脱去女強人生硬的外衣，被稱為「小資中的精英」。她們有着精明的頭腦和遠大的抱負，每天白天穿梭在高樓林立的高檔寫字樓，晚上出入豪華的娛樂場所，穿戴各種名牌。

蛋白質・博客

除「白骨精」外，「蛋白質」也包含了三種意思，那就是「笨蛋」、「白癡」、「弱智」(「智」與「質」諧音)。這個戲謔化簡稱最早出現於流行小説《蛋白質女孩》中。

現在內地比較流行的網絡詞彙大概就是「博客」了。「博客」是英文單詞 Blog 的中文譯音，意思是「網絡日誌」。

現在很多年輕人把自己的一些個人文章、評論或日記放到網絡上，供大家欣賞。

粉絲

你知道「粉絲」是甚麼？就是英文 fans 的諧音，很多時是指「追星族」。你是甚麼「粉絲」啊？「普通話粉絲」？

以上簡單選取了幾個內地比較流行的搞笑新詞語。其實，像「白骨精」、「蛋白質」這樣的舊詞出新意的例子在普通話裏層出不窮，只要你用心觀察、用眼去看、用耳去聽，就不難發現這類詞語的存在。

綠色新詞新語

萬紅

隨着內地改革開放不斷發展和社會進步，當代中國語言也發生了很大的變化。語言的變化也可以折射出社會的變遷。那麼當代外來概念詞對現代漢語色彩詞意義的影響是比較突出的一例。

色彩意義指的是詞所表示的某種傾向或情調的意義，常常隨着詞彙意義的改變而改變。外來詞對色彩意義的滲透，主要體現在對中性顏色詞語的褒義化或貶義化。如：在英漢譯詞「綠色革命（green revolution）」等外來詞引進相應的外來概念時，把 green 的「與農業、林業有關，有利於節約能源和環境保護」的義項也一同借過來，漢語中也隨即出現了「綠色能源」等新詞語。

常見的英漢譯詞，包括：綠色包裝（green package）、綠色產品（green product）、綠色建築（green building，親近自然、舒適、健康、安全，對環境友好的建築）、綠電（green electricity，利用地下垃圾產生的甲烷發的電）等。

當今人們的心目中，凡是綠色的都是健康的，於是，「綠」或「綠色」在指「符合環保要求，無公害、無污染」時，由原來的中性詞變成了褒義詞。這些詞語有些是受英語原詞概念影響的新詞語，有些是通過引進、繼承後，中國人自創的新詞語，例如：

綠色電腦（green computer）：有利於環境保護的新型電腦，它節能、易回收、不污染環境。

綠色消費（green consumption）：一種對環境不構成破壞或威脅的持續消費方式。

綠色冰箱（green refrigerator）：不使用氟里昂作製冷劑，以保護生態環境的電冰箱。

綠色科技（green technology）：指保護自然環境、維護生態平衡，致力於人類社會持續發展的科學技術體系。

綠色混凝土（green concrete）：指除了耐農藥的特殊作物外，其他作物幾乎無法生長的田地。

綠色食品（green food）：指安全、富營養、無公害的食品。

綠肺：喻城市中心地帶營造的綠化區。

綠金：喻蔬菜。

綠風：珍惜資源和保護環境的社會風氣。

綠視率：指在人的視野裏綠色所佔的數量。

綠色奧運：舉辦 2008 年北京奧運會的一種理念，……把奧運會辦成環保、健康、安全的奧運會。

上述「綠肺」、「綠金」、「綠風」、「綠視率」和「綠色奧運」五個綠色新詞，都是中國人自創的詞語。

Chuán

Yì

Bā

Dá

傳意八達通

Tōng

「對不起」、「麻煩」、「謝謝」

何偉傑

「對不起」在普通話中有兩個意思，第一是表示歉意，如：「把您的衣服弄髒了，真對不起！」第二是表示謙和、禮貌的招呼語，例如：「對不起，請出示您的證件！」「對不起，去尖沙嘴太空館該怎麼走？」後一種的用法與廣州話的禮貌招呼語「唔該」相同。

普通話中的「麻煩」，一般都是請求對方幫助做甚麼的客氣話，相當於「勞駕」的意思，例如：「麻煩您把門兒開開！」「火車到站了，麻煩您説一聲！」這裏的「麻煩」，相當於廣州話的「唔該」。

「謝謝」在普通話中是表示感激與謝意，例如：「一路上多虧您的關照，謝謝了！」又如：「謝謝您的禮物！」前一句中的「謝謝」，相當於廣州話的「唔該晒」；後一句中的「謝謝」，相當於廣州話的「多謝」。再看以下例子：

廣州話	普通話
係你同我抄低㗎？ 唔該晒。	是您替我寫下的嗎？ 謝謝了（xièxie le）。
唔該你去嗰邊攞收據。	麻煩（máfan）您到哪邊拿發票。
唔該借歪。	勞駕（láojià），請讓一讓。
唔該你交畀佢。	麻煩（máfan）您交給他。
好彩你同我執翻， 真係多謝晒。	幸虧您替我撿回來， 非常「感謝（gǎnxiè）」。

廣州話的「唔該」，如果用於要求別人合作，換成普通話，前面加「對不起（duìbuqǐ）」就可以了，例如：

廣州話	普通話
唔該細聲啲。	對不起，請小聲點兒。
唔該聽日早啲起 身。	對不起，明天請早點兒起來。
唔該你畀咗錢先。	對不起，請您先付錢。
唔該你咪行住。	對不起，請您別走。

可不是

何偉傑

當方言區的人在說普通話的時候，要準確地表示某種語氣並不容易。廣州話和普通話表達語氣的手法和方式往往很不一樣，假如簡單地把廣州話轉譯成普通話，往往失卻原來的神韻。

如果一個人煮餸煮得很好，你要表示欣賞，廣州話會說：「佢煮得好好／真係好！」在普通話，可以在這種感歎句中用一個「可」字，把讚賞的語氣表達出來：「他的菜燒得可好啦（kě hǎo la）！」

對於一位女士，你想說她穿得很「靚」，你可以說：「她穿得可漂亮了（kě piàoliang le）」。別人為你安排妥當，你感到很放心，可以這樣說：「這下我可放心了（kě fàngxīn le）」。

在動詞前面加「可」字，強調的作用特別明顯。比如你等的人回來了，你會說：「你回來了！」但如果加一個「可」字，變成「你可回來了！」語氣就不一樣，那是表示你等了很久，他終於回來了，或者表示帶有責備的語氣，含意是等了那麼久，現在才回來，有點埋怨了。

再看以下例子：

一般表達	加強語氣
他長高了	他長得可高了（表示驚訝、讚歎）
我沒說過	我可沒說過（表示堅決、肯定）
他倒霉了	他可倒霉了（表示實在、肯定）

另外，「可」還組成慣用語「可不是」，表示同意對方的觀點。例如：

夫：咱們該回家了吧！

妻：可不是嗎，快十點了。

這裏，「可不是」的意思相當於廣州話的「係啦」或者「咪係囉」，表示十分同意，深有同感。

「老、大、久、舊」的用法

孟改芳

在香港教了十幾年的普通話，從學生的口中，常常會聽到一些「港式普通話」。之所以稱為「港式普通話」，是因為在這些「普通話」中，有些詞語的使用習慣和標準的普通話不同。「舊、老、大、久」這幾個詞的使用就存在這個現象。

在一所中學，我聽到一名 13 歲的孩子對一名 14 歲的孩子說：「你比我老」；在香港電台的一個節目中，有一位嘉賓介紹自己的公司時說：「我的公司已經成立了 19 年，很老了」；平時還常常聽到有人說：「明天我要去參加舊朋友的生日會」，「星期六，我約了舊同事一起吃飯」。

上述的句子，如果說的是廣州話，可能沒有問題；但是，如果是用普通話說，那就成了典型的「港式普通話」了。

在《現代漢語詞典》中，「老」有年齡大的意思，「大」也有年齡大的意思。但「老」通常是用在真正年齡已經比較大的人身上，例如：老人家、老婆婆、老公公。而對於一般人來說，普通話中更習慣用「大」字來表示年齡大，尤其是用在比字句上。60 歲的人對 50 歲的人都可以説「我比你大」，更何況是十幾歲的孩子。所以兩名孩子之間的對話應該説：「你比我大」，而不是説「你比我老」。

上面我們説的是人的年齡，可以用「大」字來形容，但對於一家機構、一家公司，在一般情況下，普通話是不用形容年齡的「大」和「老」字來描述其成立時間的長短，而是習慣用「久」這個詞描述機構和公司的歷史。那「已經成立 19 年，很老了」，就應該説成：「已經成立了 19 年，很久了」。

在《現代漢語詞典》中，「舊」字有「過去的；老交情；老朋友」等意思。從語法上看，「我要去參加舊朋友的生日會」的説法是沒有問題的，但同樣是有一個習慣問題，普通話習慣用「老朋友」的説法，不常用「舊朋友」的説法；例如：「我在路上碰上一個老同事」，「這是我認識了多年的老朋友」。但「舊」字也是有用武之地的，人們也是常常説：舊交、舊情、舊好；也會説：懷舊、敍舊、念舊。

「醜」與「羞」、「臊」

孟淑文

在一次口語訓練課上，一位學生說：「老師，在這麼多同學面前用普通話說話，我很『怕醜』。」我鼓勵她說：「別怕，大膽地說，你說得不錯哇！」其實這句話中的「怕醜」應該說成「害羞」，更口語化可說成「害臊」。

「醜」表示相貌不好看，例如：「醜媳婦總得見公婆」，「這個人長得真醜」，也可以說「這個人長得真難看」。「醜」還表示叫人厭惡、可恥的、不光榮的，例如：「醜聲四溢」，「他幹的醜事真是害死人」，「家醜不可外揚」。

「羞」表示難為情，不好意思，是怕被別人譏笑的心理和表情。例如：「老羞成怒」，「她羞得滿臉通紅，連話也說不出來了」。「羞」還有恥辱、不光彩的意思，例如：「他做了這麼多損人利己的事情，還得意洋洋，真不知羞恥」。

「臊」有兩個讀音：sāo 和 sào，前者是形容像尿或狐狸的氣味。sào 是表示害羞和羞怯的意思，例如：「她害臊地低下了頭」。

我們看到普通話的「羞」與「臊（sào）」意思是相同的，而與「醜」就完全不同了。其實廣州話中的「醜」字不僅有難看、醜陋的意思，也有「羞」和「臊（sào）」的意思，例如：「羞吓佢（羞他一下）」。但是香港人在説話時，卻絕少用「羞」或「臊」字，而只用「醜」字。例如：「唔知醜（不害羞或不害臊）」，「呢個字寫得太醜怪喇（這個字寫得太難看了）」，「件衫咁醜樣，點着呀（這件衣服真不好看，怎麼穿得出去呀）」！「咁大個仔重喊，醜死鬼咯（這麼大了還哭，真羞死了）」。

由此我又想到，廣州話的一個字或一個詞，不僅僅只有一個意思，往往包含多義，並且有一定的靈活性。就拿「醜」字來説，例如：「佢都不知好醜，唔好睬佢啦。」這裏的「醜」字就沒有難看或叫人厭惡及不光彩的意思，譯成普通話：「他不知好歹，別理他吧！」這樣就更確切了。又如：「佢公婆倆，一個做好，一個做醜（丑）」，普通話説成：「他們夫婦倆，一個唱紅臉，一個唱白臉」。這樣一説既生動又形象。因此，當我們説普通話時，對一個字或一個詞語，首先要弄清它的含義，特別是多義的更不能疏忽，這樣運用起來，就能恰到好處，得心應手了。同時，我們也不要死摳字眼兒，可適當地靈活運用，否則你説的普通話就成「港式普通話」了。

我不「要飯」

宋欣橋

假如你在接待一個北方人用餐，當你看到他的米飯吃得差不多了，就熱情地招呼他：「您還要飯嗎？」沒想到客人會隱隱地掠過一絲不快，他會客氣地糾正說：「我不『要飯』，我要米飯。」如果你們之間很熟悉，他也可能表現得很不客氣，反唇相譏地說：「我不『要飯』，你才『要飯』呢！」

為甚麼客人會不高興呢？是因為「要飯」在北方話裏是「乞討」的意思，也就是低三下四地拿着破碗，拄着打狗棍，沿街向人乞討食物和零錢。我們經常在書裏看到這樣的句子：「母親帶着我們逃荒要飯」，「他們家一貧如洗，還要過飯呢？」，「我就是要飯，也不上你們家的門兒！」。難怪客人會不高興，你不就是請我吃頓飯嘛，我又不是跟你「要飯」。

北方人大多認為「飯」指的是早中晚定時吃的「食物」，也就是香港說的一日三餐。大部分不種植水稻的地區，通常不會把「飯」特指米飯，只有當你問到吃「飯」，還是吃「麵」的時候，他才能體會到，你說的「飯」是指米飯。有些北方方言中，為了區分「米飯」和「麵食」，把「米飯」簡稱為「米」，把「麵食」(主要指麵條一類的食物）簡稱為「麵」。由於北方地區還有小米，為了加以區分，也有些地區把「米飯」叫「大米」或「大米飯」。我們通常說普通話的時候，只要把「要飯」這個詞的中間多加一個字，變成「要米飯」，說成「您還要米飯嗎？」就不會發生誤會，惹人不高興了。

「乞丐」是書面用語，普通話口語中我們會把乞丐叫做「要飯的」，也可以叫「討飯的」或「叫花子」。例如：「給門口那個要飯的一點兒粥吧。」「仨瓜倆棗（這裏指很少的錢）就把我們打發了，真把我們當要飯的了！」

緊、開/咗、過/住、自

周立

「緊」、「開」，「咗」、「過」，「住」、「自」，在廣州話中是表示時態。「緊」、「開」是表示動作正在進行；「咗」表示動作完成；「過」是表示動作的經歷；「住」和「自」是表示動作的持續。普通話也有相應的説法（見下表）。

廣州話	普通話	廣州話例句	普通話例句
緊	正在	大家傾緊呢件事。	大家正在討論這件事。
開	一直……	佢食開中藥嘅。	他一直吃中藥。
咗	過、了	你食咗飯未？	你吃過飯沒有？/ 你吃飯了沒有？
過	過	今日我出過去。	今天我出去過。
住	……着	佢望住我。	他看着我。
自	先……	咪放手自。	先別放手。

表示動作正在進行，普通話一般用「正在」，相當於廣州話的「緊」。例如：「我正在吃飯（我食緊飯）」；「他正在打電話（佢講緊電話）」。

廣州話中的「開」，表示一個正在進行的動作以前也曾經進行過，而且今後還要繼續進行下去，這時，普通話通常會用「一直……」。比如：「我用開呢個牌子嘅牙膏」可以説成「我一直用這個牌子的牙膏」；「佢做開呢個位」可以説成「他一直做這個職位」。

普通話用「了（le）」表示動作的完成，相等於廣州話的「咗」。例如：「佢去咗邊度？」可以譯成「他去哪裏了？」；「今日多咗一個」可以譯成「今天多了一個」。

表示已過去動作，普通話和廣州話都用「過」。「噏日有冇人入過嚟？」普通話説成「昨天有沒有人進來過？」，請注意語序，普通話是「進來過」，不是「進過來」。又如：「今日我出過去」要説成「今天我出去過」，「過」要放在最後，不能像廣州話那樣插在兩個字中間。

廣州話在動詞後面加「住」，用以表示動作的持續，這種情況，普通話要用「着（zhe）」。比如：「你攞住本字典做乜？」，「你拿着本字典幹甚麼？」。廣州話表示否定時用的「咪……住」（普通話譯成「先別……」）。比如：「你咪行住」（「你先別走」）。

「街道很乾淨」錯了嗎？

余京輝

在上課的時候，曾經聽到以下的故事。

一次，一位學員語帶怒氣地問我：「老師，『街道很乾淨』對不對？」我知道她以前是一位中文科老師，就問她：「怎麼了？為甚麼問這個問題？」原來她兒子最近做了一份作業，題目是：

寫反義詞：我家附近的街道很骯髒。

學生的答案：我家附近的街道很（乾淨）。

老師劃了一個大叉子，錯了，要改為：「我家附近的街道很（清潔）。罰抄五次！」

究竟「街道很清潔」和「街道很乾淨」哪個對呢？

如果讓我説，兩個都對，而且「街道很乾淨」更好、更自然、更合乎現代中文的習慣！

在香港，「清潔」既是形容詞又是動詞，例如：「街道很清潔」、「清潔香港」、「清潔街道」。但在普通話裏，「清潔」只作形容詞，表示「沒有塵土、油垢等」的意思，例如：「屋子裏很清潔」、「我們要注意清潔衛生」。而「屋子裏很清潔」這句話，通常我們會說「屋子裏很乾淨」，這樣表達更通俗，使用得更廣泛。普通話裏「清潔」沒有動詞的用法，所以不說「清潔 ××」。

剛才那位小朋友感到非常委屈，可是又不敢向老師說，怕被誤會意圖頂撞老師。

又有一名小學生，做中文科填空作業——給「狗」配一個量詞，她問媽媽：「應該填『隻』，還是『頭』？」媽媽說：「狗要用『隻』或者『條』，不能用『頭』。」作業發回來了，得了一個大大的叉子，旁邊紅筆寫了一個「頭」字，改、抄！小孩直埋怨媽媽：「你看，你看，都是你的錯。」媽媽哭笑不得。

通常「頭」這個量詞是給大動物用的，如：牛、「驢（lǘ）」子、獅子等，最小的算是羊和豬。狗通常不夠分量，人們用「隻」或「條」。如果你硬要說：「『鬥牛㹴 Bull Terrier）』的體格可不小。」那我會說：「那隻狗真大，可以叫一頭狗了。」顯然，這是一種修辭手法。

免費拍叫！

余京輝

最近陪北京來的朋友去香港海洋公園，遇到一件有趣的事情。

我們一走進著名的海洋館，就聽到一把清脆的女聲用廣州話和普通話高聲「吆喝（yāohe）」：「快來啊，免費拍叫！（普通話）」朋友馬上問我，甚麼是「拍叫」？各位看官，您能回答這個問題嗎？對！應該是「拍照」。她把「照（zhào）」的翹舌音（zh）說成舌面音（j）了。出於職業習慣，我上前指出了她的錯誤，同時示範了幾次正確的讀音。等我走了幾步，再聽她吆喝，卻變成了「快來啊，免費拍……」，也許是時間匆忙，或是事發突然，她知道自己錯了，但還未掌握正確的讀音，所以不敢把「照」字的普通話音讀出來。真遺憾，希望她下班後可以報讀普通話課程，或者參加普通話水準測試。我們經常對考生們說，設立普通話水準測試的目的就是為了提高普通話水準，推廣普通話。

現在內地遊客是海洋公園最重要的客戶群，公園各處都增加了普通話廣播，真正體現了「兩文三語」的香港特色。但我發現公園裏的普通話廣播的某些內容，和普通話的習慣不太相同。

從後門乘扶梯上山，有一項機動遊戲「太空摩天輪」，廣播裏的歡迎辭是：「歡迎乘搭太空摩天輪。」通常在這種環境裏，普通話會說：「歡迎乘坐太空摩天輪。」香港人習慣用「乘搭」這個詞與交通工具扯上關係，如：地鐵、火車等交通工具的廣播，其實在規範中文裏並沒有這個詞，普通話通常用「乘坐」，如：「歡迎乘坐地鐵」。

「太空摩天輪」是一項非常刺激的機動遊戲，並非所有的人都適合玩。廣播不斷用廣州話、英語和普通話勸阻某些人士玩該遊戲。其中一句廣州話是這麼說的：「脊骨有毛病的人士」，普通話也是原文照讀。問題就出來了，「脊骨」並非普通話詞語，普通話一般說「脊椎骨（jǐzhuīgǔ）」或簡稱「脊椎」。所以應該說「脊椎有毛病的人士」。

「收拾」怎麼用？

周立

「你把屋子收拾一下」，「你今天沒彈琴？看爸爸一會兒怎麼收拾你！」，「我把魚收拾乾淨了」，「我們把敵人全都收拾了」……這樣的話你聽過不少吧。「收拾（shōushi）」，是普通話裏經常用的詞，今天咱們就來看看怎樣個收拾法。

「收拾」最基本的意思是「佈置、整理」，例如：「下星期去旅行，我先收拾一下行李（xíngli）」，「等會兒家裏來客人，你趕緊把屋子收拾一下」等等。

第二個意思是「整頓、整治」，多指與江山社稷，時局大事有關，或因某高官辦事不力，被迫辭職，繼任人就要出來「收拾殘局（shōushicánjú）」。「殘局」也可以叫「爛攤子（làntānzi）」，比如：「我的前任不負責任，留下一個『爛攤子』，真不好收拾」。

「收拾」也可以表示「料理、修理」的意思，跟「拾掇（shíduo）」的意思差不多。例如：「他到果園收拾荔枝樹去了」，「我們把草坪拾掇好了」，「電腦壞了，你給收拾收拾吧」。

「收拾」還有「懲治（chéngzhì）」的意思，往往帶有恐嚇對方的意味。比如，小孩兒不肯做功課，當媽媽的就可以說：「看爸爸回來怎麼收拾你！」女人脅迫男人就範，也可以說：「看我怎麼收拾你！」這句話頗有效，女士一定要學會。

「收拾」的另外一層含義是「消滅、殺死」，戰爭時期用的最多。如：「我們把敵人全都收拾了」。這個詞帶有蔑視的感情色彩，多用於我方消滅敵方，正義消滅非正義，不能反過來用。

「收拾」也解作「收斂、消除；收攏、收攬」。比方說：「他收拾起臉上的笑容，開始講話」，「大家仍然信任你，收拾人心還來得及」。另外，北方話裏的「收拾」也可以用來表示「宰殺、烹調」，如：「你們先喝點兒酒，我到廚房去收拾魚」。

「收拾」是輕聲，「拾」要讀得短些、輕些。不要讀成第一聲，否則「老闆，我幫你收拾（shōushi）吧」，就變成了「老闆，我幫你收屍（shōushī）吧」，老闆聽罷不「收拾」你才怪呢！亂拍馬屁，弄不好可能把飯碗砸了，慎之。

「大出血」不用去醫院

馮薇薇

記得十多年前剛來到香港的時候，對廣州話一無所知，上了一個月的廣州話學習班，懂得了一些基本詞語的發音，但對眾多的日常俗語仍然稀里糊塗。雖然經常聽到同事在聊天中提到的「八婆」、「八卦」等詞語，又時常看到街上出現的「大出血」、「執笠」等告示，但卻不能真正理解它們的意思。

時光如梭，一晃來到香港已經十年有餘，但由於生活環境和工作環境的關係，到現在為止，我仍不敢說對廣州話的掌握程度達到百分之九十五。雖然如此，我仍總結出部分廣州話和普通話在日常用語中的不同表達方式，供大家參考學習。

人際關係

廣州話	普通話
1. 擦鞋	拍馬屁
2. 出術	耍花招
3. 一身蟻	一身麻煩
4. 一擔擔	半斤八兩，彼此彼此
5. 手瓜硬	權力大
6. 篤背脊	背後說人壞話，告發別人
7. 放飛機	故意失約

8. 食死貓	背黑窩，吃不了兜着走，吃啞巴虧
9. 生安白造	捏造，無中生有
10. 好心着雷劈	不領情，好心反被當惡意

公司、商店

廣州話	普通話
1. 大出血	大降價，血本無歸
2. 摸門釘	吃閉門羹
3. 執笠	結業
4. 踢晒腳	非常忙碌，忙得暈頭轉向
5. 一腳踢	全能，大拿，獨自一人幹，包攬
6. 七國咁亂	亂成一團糟
7. 坐食山崩	坐吃山空
8. 執死雞	揀到便宜
9. 跌眼鏡	估計錯誤，走了眼
10. 盆滿缽滿	金錢收穫非常豐厚

對人的形容

廣州話	普通話
1. 黐孖筋	神經質，罵人語：神經病
2. 三姑六婆	好管閒事的女人，長舌婦
3. 八婆	好管閒事的女人，長舌婦
4. 好人好姐	好端端的人
5. 古靈精怪	稀奇古怪
6. 八卦	好管閒事，愛打聽，多嘴多舌
7. 話頭醒尾	領悟力強，一説就明白
8. 衰到貼地	倒楣透了，壞透了
9. 把心唔定	下不定決心
10. 三唔識七	互不認識，完全沒有關係

口水太多了！

冯薇薇

前文介紹了包括「拍馬屁」在內的 30 個廣州話俗語的普通話説法。其實，「拍馬屁」就是指人云亦云，口是心非，不好也説好，不漂亮也説漂亮。和「拍馬屁」有關的詞語，還包括「馬屁精」，也就是善於拍馬屁的人。拍馬屁是一門學問，馬屁精有三寸不爛之舌，憑着他們那套「馬屁經」，語出不驚，卻句句説在別人心坎上，讓人有飄飄然的感覺。

由於拍馬屁的人無處不在，特別集中在辦公室裏，所以就出現了「辦公室馬屁文化」。對於「馬屁文化」就不用多説了，相信大家都明白。

今天，我們再看看還有些甚麼我們平時經常掛在嘴邊的廣州話俗語，它們到了普通話裏應該怎麼説。有些很普通的慣用語，對應起來並不一定很容易。

一般慣用語

廣州話	普通話
1. 有冇搞錯？	怎麼搞的？
2. 搞掂！	成了！／完事兒了！
3. 你有心了。	讓您費心了。
4. 冇所謂啦。	不要緊的。／沒關係。
5. 口水多過茶。	嘮嘮叨叨沒個完。
6. 真係畀你考起。	你倒真給我出了道難題。
7. 阻唔阻你呀？	會不會妨礙你啊？
8. 點話點好啦！	怎麼着都行！

其他慣用語

廣州話	普通話
1. 一仆一碌	跌跌撞撞
2. 有紋有路	有條不紊
3. 身水身汗	滿身是汗
4. 天都光晒	雲開霧散，大快人心
5. 十問九唔應	屢問屢不答
6. 手指拗出唔拗入	自己人不幫自己人，反而幫外人
7. 數還數，路還路	人情歸人情，數目要分明
8. 十劃都未有一撇	事情離成功還早着，八字沒一撇
9. 各花入各眼	蘿蔔青菜，各有所愛，情人眼裏出西施
10. 有頭威冇尾陣	虎頭蛇尾
11. 有碗話碗，有碟話碟	説話直率，有甚麼説甚麼
12. 游離浪蕩	無所事事，到處遊蕩
13. 冇咁大個頭， 唔好戴咁大頂帽	沒那金剛鑽，別攬那瓷器活兒

看過以上的粵普俗語對照，希望朋友們能從中得益，尤其是在普通話的意思表達上。

廣普不可硬對譯

黃虹堅

廣州方言表現力豐富，港人用普通話描述某種狀況時，常苦於找不到對應的説法。有些中文底子好的朋友便用書面語直譯過去，説出話來卻似一介文縐縐的書生，少了一份語言（特別是口語）的生動神韻。

其實，港人從英語學習的經驗中該不難理解語言對譯不可「硬譯」。香港話「你真係靚咯！」不能硬譯為「You are beautiful ！」而是「How beautiful you are ！」「唔使客氣」則是「You are welcome」。廣普對譯也常體現出類似規律，並非一個個字、一個個詞對譯出來的。

口語對譯時不妨用點兒普通話口語詞（書面上少用，但也屬標準漢語詞），在表達時就會傳神得多。

下面列舉日常生活常可用到的 10 個例句（粵普對照），讓大家感受一下兩種語言的不同意趣：

1. 唔踩架步，就咪扮代表喇。

不熟悉情況，就別裝模作樣了。

2. 佢係搞屎棍，到處搞搞震，搞到滿天神佛。

他可不是省油的燈，到處搗亂，都鬧翻天了。

3. 佢份人做嘢好驚青，做呢單嘢實撞板，盞畀人話公司冇料到啫。

他這個人做事慌里慌張的，做這事一定會碰釘子（碰壁），反倒讓人家說公司沒能耐！

4. 聽到呢單新聞我起晒雞皮，點解會有啲咁牙煙嘅嘢㗎？

聽到這則（條）新聞我直起雞皮疙瘩，怎麼會有這樣懸乎的事兒啊？

5. 拎乜嘢嚟起鑊？使唔使焯吓啲菜？

拿甚麼來熗鍋？要不要把菜焯一下？

6. 間屋細到冇得走盞，講乜嘢買新傢俬，盞嘥氣啫。

房子小得轉不開，說甚麼買新家具，實在是白費口舌啊。

7. 個正衰人，曳到死，佢老頂搵佢返嚟，即係倒自己米啫。

那人是個混蛋，壞得要命，他老闆找他回來，是拆自己台嘛。

8. 咁好嘅價位要快啲入貨，咪走雞呀。

這麼好的價錢得早點兒買進，別錯過機會呀。

9. 佢雞咁腳走咗，煲湯滾晒都唔知，仲差啲火燭。

她急急忙忙走了，熬的湯潽出來都不知道了，還差點兒着火了呢。

10. 食完飯，咪屈喺梳化喇，出去行幾圈至返嚟喇。

吃完飯，別窩在沙發裏嘛，出去轉悠轉悠再回來吧。

Shēng

Huó

Wàn

H ua̅

生活萬花筒

T ǒng

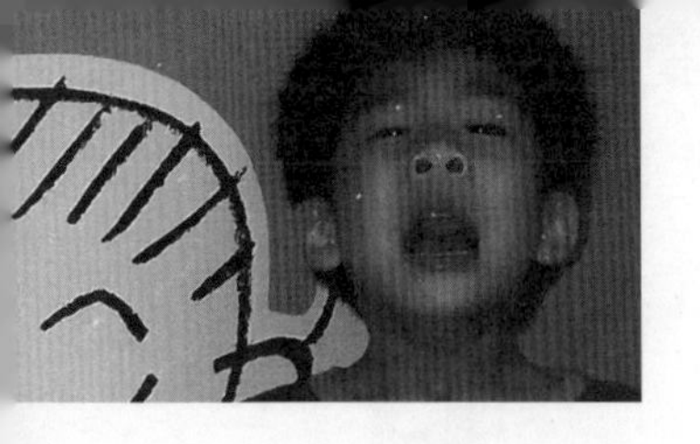

眼瞓、打喊路和打乞嗤

周立

廣州話中的「眼瞓」，普通話叫「睏（kùn）」，簡體字寫作「困」，是疲乏想睡的意思，常説成「犯睏」。比如：「你睏了就先睡吧」，「我一上班就犯睏，一下班就精神」。書面語也可以用「睡意（shuìyì）」，比如：「都半夜了，可我一點兒睡意也沒有。」

廣州話的「瞓覺」，普通話的説法是「睡覺（shuìjiào）」。睡覺的不同階段有不同的説法：想睡未睡叫「打瞌睡（dǎ kēshuì）」（cat nap）；如果已經進入睡眠狀態，就是「睡着了（shuìzháole）」；貪睡，不愛起牀叫「睡懶覺（shuì lǎnjiào）」。還有一個詞叫「打盹兒（dǎ dǔnr）」，是小睡或斷續地入睡（多指坐着或靠着）的意思。每天上下班時間，在公共汽車或地鐵上就有不少人「打盹兒」。春睏秋乏夏打盹兒，睡不醒的冬三月，想睡覺，藉口並不難找。

「被窩兒（bèiwōr）」，是指為睡覺而疊成的長筒形的被子。人們也喜歡用「鑽被窩兒（zuān bèiwōr）」來指睡覺，比如：「他今天太累了，早就鑽被窩兒了」。讀「被窩兒」的時候不要讀成三個字，要把「窩兒」讀成一個音——wōr。應用於「睡覺」的量詞可以用「宿（xiǔ）」，「宿」是計算夜的單位，「一宿」就是一夜，比如：「睡了一宿覺」。「宿」是多音字，還讀 sù，是夜裏睡覺的意思，如：住宿、宿舍。一個人的覺睡得很好，我們可以說「睡得香（shuì de xiāng）」。「發夢」叫「做夢（zuòmèng）」。只要有夢想，凡事可成真，做做白日夢未必是壞事。

睡覺的時候，如果呼吸受阻，就會發出粗重的聲音，這就是「打鼾（dǎ hān）」，口語叫「打呼嚕（dǎ hūlu）」，讀輕聲。睡覺打鼾是因為呼吸有障礙，情況嚴重的，甚至可能在睡夢中停止呼吸，不可輕視。

廣州話中的「打喊路」（也有寫成「打喊露」的），普通話叫「打哈欠（dǎ hāqian）」（yawn），北方話也叫「打呵欠」，比如：「他伸了伸懶腰，打了個哈欠才起牀。」「打哈欠」不要讀成廣州話的「打乞嗤」，「打乞嗤」普通話叫「打噴嚏（dǎ pēnti）」（sternutation, sneeze）或者「打嚏噴（dǎ tìpen）」，二者意思相同。

睇醫生

周立

「醫生」，普通話也叫「大夫」，但「睇醫生」不能說成「看大夫」，而要說「看病」。「睇街症」，普通話叫「看門診」，「急症室」叫「急診室」。

「病假條」就是「醫生紙」，也可以簡單說成「假條兒」。比如：「睇街症唔去得急症室」，可以說成「看門診不能去急診室」；「睇醫生先有醫生紙攞嘅」，可以說成「看病才能開假條兒」。

遇到傷風感冒，病人常說：「噙晚仲未覺得有乜唔妥，但今朝就開始咳，鼻塞，喉嚨又痛，又屙又嘔。唉，好辛苦。我想探吓熱先。」使它翻譯成普通話，即「昨天晚上還沒覺得有甚麼不對勁兒，但今天早上就開始咳嗽，鼻子不通氣兒，嗓子也疼，還上吐下瀉。唉，真難受。我想先量量體溫／先試試錶。」

廣州話	普通話	拼音
醫生	醫生／大夫	yīshēng/dàifu
睇醫生／睇病	看病	kàn bìng
睇街症	看門診	kàn ménzhěn

廣州話	普通話	拼音
急症室	急診室	jízhěnshì
醫生紙	病假條 / 假條兒	bìngjià tiáo/jiàtiáor
唔妥	不對勁兒 / 不舒服	bù duìjìnr/bù shūfu
辛苦	難受	nánshòu
咳	咳嗽	késou
鼻塞	鼻子不通氣兒	bízi bù tōngqìr
喉嚨痛	嗓子疼	sǎngzi téng
嘔	吐	tù
又屙又嘔	上吐下瀉	shàng tù xià xiè
探熱	量體溫 / 試錶	liáng tǐwēn/shì biǎo

瘀，普通話叫「青（qīng）」，如果瘀的地方多，可以叫「青一塊紫一塊」，比如：「他摔了一跤，身上青一塊紫一塊的」。損，普通話叫「破(pò)」，「整損」就是「弄(nòng)破」，也叫「碰(pèng)破」。「損手爛腳」可以説成「頭破血流」。

廣州話把「癢（yǎng）」説成「痕」，把「疼」説成「痛」。其實，在普通話中，「疼」和「痛」的用法是有區別的。指因疾病、創傷等引起的難受感覺，一般用「疼」，比如：「肚痛」要説成「肚子疼」。「疼」還可以表示憐愛、喜愛、愛惜的意思，「他很疼兒子」就是他很「憐愛」兒子。「痛」多用於書面語，除了「疼痛」，還可以表示「極、甚；盡情、盡興；盡力、竭力、徹底地」的意思，比如：「痛罵」、「痛殲」等等。

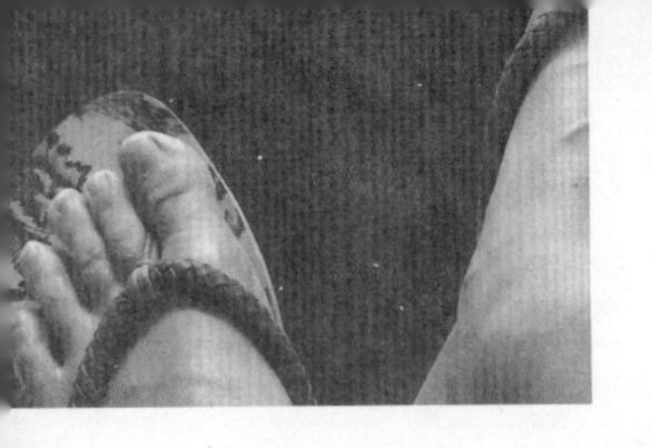

腳氣和崴腳

孟改芳

香港報章的娛樂版，常常會這樣誇讚某某女明星「對腳好長，好靚」。其實這裏説的「腳」，用普通話説應該是「腿」，那麼「對腳好長，好靚」變成普通話就成了「一雙腿很長，很漂亮」。

關於人體部位的名稱，在廣州話和普通話的叫法上，有些是不同的。先説下肢，普通話的「腳」應是廣州話「腳眼」以下的部位。而廣州話中的「腳眼」，普通話稱為「踝（huái）」，又叫「腳脖子」，又稱「腳腕子（jiǎowānzi）」。腳脖子以上的部位是腿，腿分大腿、小腿，以膝蓋為界。小腿中肌肉發達的部分，普通話俗稱「腿肚子」，因其柔軟，外形似肚子而得名。腿肚子抽筋，幾乎每個人都領教過。其痛苦程度真不亞於肚子痛。

接着説上肢，廣州話中的「手臂」，普通話叫「胳膊（gēbo）」，胳膊和手連接的部位叫「手腕子（shǒuwānzi）」。手腕子如果去掉「子」字，則變成了「手腕」，「手腕」是「手段」的同義詞。而「大腕」在普通話中是指「有實力，名氣大的人」，內地有一部電影叫《大腕》，用非常幽默的手法演繹了一些讓人啼笑皆非的故事。「肩膊」痛是困擾很多人的痛症，「肩膊」，普通話叫「肩膀」，那「肩膊痛」用普通話説就變成了「肩膀痛」了。肩膀與頭連接的部位，廣州話叫「頸」，普通話叫「脖子（bózi）」。

近日接觸一些藥房的藥劑師，他們説很多「自由行」的客人到藥房買治「腳氣」的藥。其實，這裏的「腳氣」指的是廣州話所説的「香港腳」，而決不是醫學專用名詞「腳氣病」。「腳脖子」常常會「拗柴」，普通話叫「崴（wǎi）腳」。如果是「手腕子」「拗柴」，普通話叫「戳（chuō）了手」。一覺醒來，脖子疼痛，廣州話叫「瞓𠜱頸」，普通話叫「落枕」，「落」在這裏讀 lào。廣州話説的「臭狐」，普通話又叫「臭夾肢窩兒」，這是因為「腋下」在普通話叫「夾肢窩（gāzhiwō）」的緣故。現在青年男女常常為了佩戴飾物「穿耳窿」，這在普通話中叫做「扎耳朵眼」。

那麼，下面的句子就是普通話對上述一些情況的敍述方法。

1. 我的腳氣犯了，真癢。

2. 他昨天下山時，一不小心，崴了腳，今天還一瘸一拐的。

3. 昨天打球，不小心戳了手。

4. 我落枕了，脖子又痠又疼。

5. 請問，有沒有治臭夾肢窩的藥？

6. 我今天一口氣扎了三個耳朵眼。

衣服的肥瘦

孟改芳

聽到香港人把脱衣服叫「除衫」，想起一些與此對應的動詞。在廣州話中，「除」字可以用在很多地方，但對應的普通話動詞則各有不同。例如：「除衫，除褲，除襪，除鞋」，普通話叫「脱衣服，脱褲子，脱襪子，脱鞋」；「除眼鏡，除手錶，除領帶，除手套」，普通話叫「摘眼鏡，摘手錶，摘領帶，摘手套」；而「除頸巾，除皮帶」，普通話則叫「解圍巾，解皮帶」了。與上述過程相反的動詞則為「穿、戴和繫」了，例如：「穿衣服，戴手套，繫皮帶」。

説完穿衣服，又聯想到衣服「合身不合身」這句廣州話，用普通話説是「合適不合適」，衣服的長短要合適，衣服的「闊窄」也要合適。「闊窄」是廣州話表示衣服「橫向尺寸」大小的詞，普通話則不用「寬窄」，而是用「肥」和「瘦」來形容的。例如：「這條褲子太肥了」，「那件上衣長短合適，可是有點兒瘦」。衣服用「長短肥瘦」來形容，鞋子則用「大小肥瘦」來形容，例如：「這雙鞋太大了」，「那雙鞋太小了」，「這雙鞋大小合適，可是肥了點兒」。

說完衣服的尺寸，再說衣服的款式。春秋二季，學生大都會在校服外加一件冷衫。「冷衫」，普通話叫「毛衣」，無袖的毛衣，普通話叫「毛背心」。

毛衣有多種款式，對襟冷衫叫「開身毛衣」；樽領冷衫和 V 領冷衫都叫「套頭毛衣」，因樽領又叫「高領」，V 領又叫「雞心領」，所以，樽領冷衫又叫「高領套頭毛衣」，V 領冷衫又叫「雞心領套頭毛衣」。

冬天，天氣更加寒冷，學生在毛衣外面會再加上一件更厚的外衣，傳統學校的學生常常穿的真絲「棉衲」，普通話叫「棉襖」或「棉衣」。棉襖也有兩種，傳統款式的叫「中式棉襖」，另一種是將衣袖單獨剪裁縫上去，而衣領仍為傳統款式的叫「中西式棉襖」。此外，更多學校學生的禦寒外衣是絨褸，它又叫「校褸」，這種外衣普通話叫「呢子大衣」，這是因為絨在普通話中叫「呢子」，褸在普通話中叫「大衣」的緣故。

呢子大衣有短、中、長三種，校褸應叫「短呢子大衣」；比短呢子大衣長些，但在膝蓋之上的叫「中長呢子大衣」；長過膝蓋的則叫「長呢子大衣」。

生活用品中的普通話

孟改芳

現時很多人已在家中使用吸塵機（「吸塵機」，普通話叫「吸塵器（xīchénqì）」），不過更多人仍習慣用掃把打掃家居衛生。大的掃把，普通話叫「掃帚（sàozhou）」；小的掃把，普通話叫「笤帚（tiáozhou）」。至於「垃圾鏟」，普通話叫「簸箕（bòji）」。

現在洗地板，大部分人家是用布「抹（mā）」，但較省力的是用地拖，地拖，普通話叫「拖把（tuōbǎ）」。你見過雞毛撣子（jīmáo dǎnzi）嗎？它就是廣州話中的雞毛掃。說起雞毛撣子，我想起香港特區政府花了約九百多萬港元，請人設計用以宣傳香港作為「亞洲國際都會」形象的品牌宣傳計劃，內含有「香港」二字的飛龍標誌（見本文插圖），你看像不像一個雞毛撣子？和雞毛撣子相關的還有一句歇後語──「電綫桿上綁雞毛──好大的撣（膽）子！」這裏，「撣」和「膽」是同音字，專用來形容天不怕，地不怕的人。

清理家居時，最麻煩的是清理電視機櫃的後面。那裏常常有很多電綫拖板和插蘇。拖板，普通話叫「拖綫板」；插蘇，普通話叫「插座」。插蘇頭又叫甚麼呢？它叫「插頭」或「插銷（chāxiāo）」

（注意：此「插銷」並不是吃的「叉燒（chāshāo）」，二者發音不同，千萬不要誤會）。更多的人會用萬能蘇（普通話叫「三通」，取其三面都能插插銷之意）。但從安全角度來看，三通的安全性較低，常常會因負荷過重而引起火燭，火燭，普通話叫「火災」。

當整理這些和電有關的東西時，有時會用到「改錐（gǎizhuī）」，改錐又叫「螺絲刀（luósīdāo）」，就是廣州話所說的「螺絲批」。而用改錐時，千萬不要用死勁，不然很容易滑牙（普通話叫「滑扣（huákòu）」，面對「滑扣」，你就是力氣再大，也沒有用了）。

清理家居時，少不了使用「番梘」，普通話叫「肥皂（féizào）」。有香味的番梘叫「香皂」。洗衣服時，千萬不要將深色、淺色的衣服放在一起洗，以免深色衣服「甩色」（普通話叫「掉色兒（diàoshǎir）」）。

這裏的「色」是多音字，讀 shǎi，並且是兒化韻。注意不要讀錯。

文具

孟改芳

走進文具店，看到花花綠綠的文具，不妨嘗試將它們的廣州話名稱和普通話名稱做一個對照。

先說筆盒，普通話叫「鉛筆盒（qiānbǐhé）」，雖然裏面裝的並不都是鉛筆。鉛筆盒有塑料（sùliào）的，也有鐵的。你見過紙造的嗎？在上一個世紀 60 年代，那時中國處在人口爆炸時期，學生太多，市場來不及供應那麼多鐵製的鉛筆盒，紙造的鉛筆盒於是就出現了。不過，現在更多學生用的是「筆袋」，大的筆袋可以裝一本書，小的筆袋只可以放幾支筆，但這在普通話中都叫做「文具袋（wénjùdài）」。

再說鉛筆，廣州話和普通話的名稱都是一樣的，只是發音相差太大，普通話發音是 qiānbǐ，廣州話的「鉛」近似普通話的「圓」（yuán）。難怪有人會把鉛筆讀成「圓筆」了。學生常用的還有原子筆，普通話叫「圓珠筆（yuánzhūbǐ）」。墨水筆，普通話叫「鋼筆（gāngbǐ）」。還有一種筆，現在學生不太常用了，這就是墨筆，普通話叫「毛筆（máobǐ）」。以前上小學時，上寫字課要帶墨筆、硯墨。現在則不用那麼麻煩帶硯墨了，文具店裏有各種製成品。「硯墨」在普通話叫「硯台（yàntái）」，現在的小學生，可能要到展覽館才能看到。

削鉛筆可以用鉛筆刀，但大部分學生用鉛筆刨，這在普通話中叫「轉筆刀（zhuànbǐdāo）」，因為最早的轉筆刀削鉛筆時鉛筆是轉動的，所以有了這個名字。不過，現在改良後的轉筆刀已經不需要轉動鉛筆了。用電的叫「自動轉筆刀」，不用電的叫「半自動轉筆刀」。

學生上數學課時常用尺，間尺，普通話叫「直尺（zhíchǐ）」或「尺子（chǐzi）」，可以量 40 度、45 度、60 度、90 度角的三角尺叫「三角板（sānjiǎobǎn）」。另外，上幾何課時常用的量角器，在普通話中還叫「半圓儀（bànyuányí）」。

寫錯字要用「擦字膠」，擦字膠在普通話中叫「橡皮（xiàngpí）」。橡皮只可以擦鉛筆寫的字，用圓珠筆寫的字則要用塗改帶或塗改液了。

打雷、打閃和沙塵暴

孟改芳

某日凌晨，一陣巨大的雷聲把我從夢中驚醒，又下雨了。小時候，最怕的就是打雷和打閃。「打雷打閃（dǎléi dǎshǎn）」就是廣州話中的「行雷閃電」。

在大人的口中，打雷和打閃常常和替天行道有關，做過虧心事的人要遭天打五雷轟（tiān dǎ wǔléi hōng）。在成長的過程中，哪個小朋友沒有做錯事？再加上打雷打閃時那巨大的聲響和刺眼的亮光，所以，打雷打閃就成了很多小朋友最怕的事。

說到天氣，不能不說說北方的大風。北方把大風的天氣叫「颳大風（guādàfēng）」。華南沿海一帶每年夏天都會受到颱風的吹襲。

在北方，雖然沒有颱風，但每年冬春二季從西伯利亞吹來的西北風（xīběifēng）的威力也不亞於沿海地區的颱風。

早些年，需要騎自行車（qí zìxíngchē）上班，最怕的就是颳大風。

每當颳大風的時候，如果是順風還好，風力推着自行車一溜煙兒就到了辦公室，可以省下不少力氣；（這裏的「一溜煙兒（yíliù yānr）」是一個形容詞，就是跑得很快的意思。）但如果是逆風（nìfēng），那可就慘了，每個騎自行車的人，都是一個姿勢，低頭彎腰，用盡九牛二虎之力，抵達辦公室時，已是筋疲力盡（jīnpí lìjìn）。

近些年由於中國北方地區過度開發，使沙漠化嚴重，颳大風時，大量的沙塵隨風沖上天空，空氣混濁，天色昏黃，能見度很低。這就是人們説的「沙塵暴（shāchénbào）」。「請神容易送神難」，十幾年來，儘管經濟高速發展，卻導致大量土地沙漠化；但要使沙漠化的土地還原，恐怕花幾十年也不易做到。

中國北方還有一種自然現象叫「樹掛（shùguà）」。這種現象常出現在冬天，大雪過後，雪過天晴，太陽的熱力使樹枝及電綫上的雪溶化，溶化後的雪水還來不及滴下來，氣溫又降到冰點，這時樹掛就出現了。

這時的自然界，好像變成了一個童話世界，人們好像走進了冰宮，所有物體都被包在冰裏，到處都可以看到冰的閃光。

天降驟雨，香港危矣

余京輝

記得 1972 年 6 月，香港雨水特別多。在這各種各樣的雨裏，有一種雨在香港叫「驟雨（zhòuyǔ）」。如果你聽過或看過內地的天氣預報，你會發現「驟雨」只在航空天氣情報裏出現（是英語 torrential rain，或 downpour 的譯詞），而在民用天氣預報裏是沒有「驟雨」這個詞的。為甚麼呢？

因為在普通話裏，「驟雨」和「咒語」的普通話發音完全一樣。任何語言都有忌諱的內容，例如中國人因為「死」字而不喜歡「四」字，這只不過是諧音，「天降咒語」當然更不吉利了。因此，「驟雨」通常叫「陣雨」。

對於降雨量，內地氣象台有一個比較嚴格的等級描述，從浪漫的「毛毛雨（máomaoyǔ）」，到「小雨」、「中雨」、「大雨」、「暴雨」、「大暴雨」，如果再大的話，可以叫「特大暴雨」。還可取一範圍，例如：「小到中雨」、「中到大雨」等。

對莊稼來説，下雨是好事，但下得太多，就要「排澇」。「澇（lào）」是指「莊稼因雨水過多而被淹」的情況，或是「因雨水過多而積在田地裏的水」。在城市裏下雨太多太急，會「水浸」(廣州話)，有人說普通話應該叫「水淹」。其實兩個詞的用法並不相同（嚴格地說它們都不是標準詞)，不能簡單替代。例如「旺角出現水浸」，如果用「水淹」來寫，句子結構要變一下，而且情況比「水浸」更顯得嚴重，無論是「水淹旺角」或是「旺角遭水淹」、「旺角被水淹了」，結果都一樣——旺角被水淹沒了。如果要用相同的句子結構，應該說「旺角出現積水」。

香港山多，斜坡也多，雨下多了，會引起「山泥傾瀉」(香港用語)，很傳神，但普通話用兩個詞語描述這種現象——「滑坡」或「塌方」。滑坡指地表斜坡上大量的土石整體向下滑動的自然現象，而塌方是因地層結構不良、雨水沖刷、或建築上的缺陷，道路、堤壩（dībà）等旁邊的陡坡或坑道、隧道的頂部突然坍塌（tāntā)。兩者有何區別？簡單地說，滑坡描述自然斜坡的坍塌，塌方描述人工斜坡或土石結構的坍塌。暴雨還可能引起「泥石流」，這個詞在粵普的詞義和用法上並沒有區別。

榔頭和改錐

余京輝

我認為每個家庭都應該有幾件工具，以備不時之需。一般家庭裏最常見的工具當數改錐和榔頭。也許你會問：「這是甚麼東西？廣州話怎麼説？」在香港，改錐通常被叫作「螺絲批」，而榔頭則被叫作「錘仔」。

此外，改錐也叫「螺絲刀」，某些地方又叫「起子」。起子在普通話裏還有一個意思，就是開玻璃瓶蓋的工具——前面一個橢圓形的環，後面有柄。在普通話裏，「改錐」和「螺絲刀」是最為常用的叫法。

榔頭又叫「錘子」。二十年前，中國女排取得四連冠時，其主攻手郎平又被人冠以「鐵榔頭」的美名，我想大家都明白它的意思吧？

還有一種工具是很多家庭也會有的，香港叫它作「鉗仔」，普通話叫「鉗子」，鉗子的種類較多，有:「尖嘴鉗」、「大力鉗」(一種由德國公司發明的，附有鎖緊裝置的手動鉗子)、「管子鉗」(香港叫它作「水喉鉗」) 等等。

香港有一種手動工具叫「士巴拿」，即是英語「spanner」的音譯，普通話叫「扳手（bānshou）」或「扳子（bānzi）」，是用來擰緊或鬆開螺絲及螺母的。扳手的種類也很多，有：活扳手、呆頭扳手（開口、固定大小）、梅花扳手、多用扳手（香港叫它作「令梗」）等等。

在香港被叫作「鉸剪」的工具，普通話裏一定要說作「剪刀」或「剪子」。香港叫「鎅刀」的，在普通話裏的說法有兩個，一是美工刀，二是裁紙刀。

在教授普通話水平測試強化訓練課程時，經常有學員問「鑷子」、「鎬頭」和「砂輪」是甚麼意思？鑷子一般是用來夾小東西，如：夾郵票；或者拔毛用的，如：女士拔眉毛用的工具。香港一律將它們叫作「鉗仔」。而鎬頭（也可說作「鎬」）是刨土用的工具，我曾經在工地上見過，但學員都無法說出廣州話的名稱（據《方言志》的釋例稱之為「番啄（doeng[1]）」「鶴咀鋤」，而坊間有人稱之為「丁字鋤」。——責任編輯註）。「砂輪」是磨刀、打磨用的工具，用黏合劑與磨料混合後造成輪狀，中間有軸眼，裝在機器上轉動。

解構汽車

余京輝

雖然汽車只有一百年的歷史，但它已成為現代最重要的交通工具。今天我們談談有關汽車的普通話詞語。

先說汽車的心臟——發動機，也可以叫「引擎（yǐnqíng）」，但還是「發動機」這名稱較常用。發動機最常用的參數是「發動機排量」，香港通常叫「氣缸容量」。嚴格來說，還有一個參數叫「氣缸排量」，它表示單氣缸內活塞運動的最大空間量，通常一台發動機有幾個氣缸，發動機排量等於所有「氣缸排量」的總合。

有了動力還得傳輸出去，在汽車傳動系統裏，有一個十分重要的部分，香港叫「波箱」，內地叫「變速器」或「變速箱」。變速器分為手動變速器、自動變速器、手動／自動變速器和無級變速器。說到這兒，想問問各位看官，知道「空檔（kōngdǎng）」是甚麼意思嗎？對，就是香港說的「0 波」或「N 波」。香港說「轉波」，普通話叫「換檔」。香港叫「棍波」，即普通話的「手動檔」（簡稱「手檔」），自動波在普通話則稱為「自動檔」。

汽車開起來了，還要能煞停，否則太危險了。大家知道，汽車制動裝置主要有「鼓式制動器」和「盤式制動器」兩種。有一種先進的煞車系統——ABS 煞車系統——叫「防抱死制動系統」，當然説它的英文縮寫 ABS 也沒問題。

我想，大家開車共同關心的問題應該是安全設施。現在多數「小轎車（xiǎojiàochē）」都會安裝「安全帶」、「頭枕」和「安全氣囊」，而車頭會裝「保險槓」（香港叫「泵把」）。現在很多汽車強調側面防撞，它們都安裝了「側門防撞杆」。

説到汽車的附件，香港廣州話和普通話也有差異。香港説「倒後鏡」，普通話叫「後視鏡」。

下雨時駕駛汽車要啟動水撥，「水撥」普通話叫「雨刷器」。迎着太陽開車要用遮光板；「遮光板」，普通話叫「遮陽板」。

順便問一個問題，在普通話中，以下哪些量詞可以和汽車相配？架、輛、台、部，還是座？對！一「輛」汽車，一「台」汽車，一「部」汽車都可以，而「架」和「座」在這裏就不能用了。

「手電」與「手機」

余京輝

近年香港的大學都招收了大量內地學生，熱情的香港大學生經常組織活動，以招待遠方來的客人。有一次，一群大學生正討論安排一次遠足活動。召集人要求大家每個人都要帶備「手電」，一位來自內地的學生不解地問：「咱們不是白天爬山嗎？為甚麼要帶手電？」召集人回答說：「帶手電便於通訊聯絡。」那位同學更「糊塗（hútu）」了：「我們都不懂燈語，怎麼通訊呢？再說大白天打燈號，別人也看不見啊。」召集人從兜裏掏出手提電話說：「用這個『手電』通訊。」咳，「手提電話」怎麼能叫「手電」啊！「手電」是「手電筒」的簡稱，也叫「電筒」。

近年香港有人把「手提電話」簡稱為「手電」，殊不知「手電」在中文裏已有固定的意思，而香港以前又沒有「手電」這個概念，因此鬧了笑話。「手提電話」的簡稱就是「手機」，這在香港和內地並沒有分別。

順便說一個和「手電」同時產生的詞——「電玩」，它不算規範詞，暫時還未能收入詞典。然而，人們已對它產生了「電子遊戲」的概念，至於「手電玩」，則應該叫作「手機遊戲」。

據説這個世界上最能吃的人是廣東人，甚麼「背朝天的都吃」、「除了四條腿的桌子，有腿的都吃。」我曾經在上課時問學員，敢吃青蛙嗎？不少人露出「噁心（ěxin）」的表情，一再說「青蛙怎麼吃呀！多噁心！」我問誰沒吃過香港著名的田雞粥？學員馬上反問：「田雞和青蛙有甚麼關係？」

「田雞」有兩個意思：「一種生活在草原和水田裏的鳥，外形略像雞」；或是「青蛙的通稱」。（見《現代漢語詞典》）而我們香港説的田雞是哪種呢？如果是第一種，應該能見到翅膀，及類似雞的骨骼。我們在田雞粥裏見到的，顯然非禽類所有，即第二個意思——青蛙；「吃田雞」就是「吃青蛙」。

由於青蛙在田間吃掉大量危害農作物的害蟲，是農民的益友，按現在時髦的説法叫「生物防治」。所以有識之士呼籲大家——別再吃田雞了！

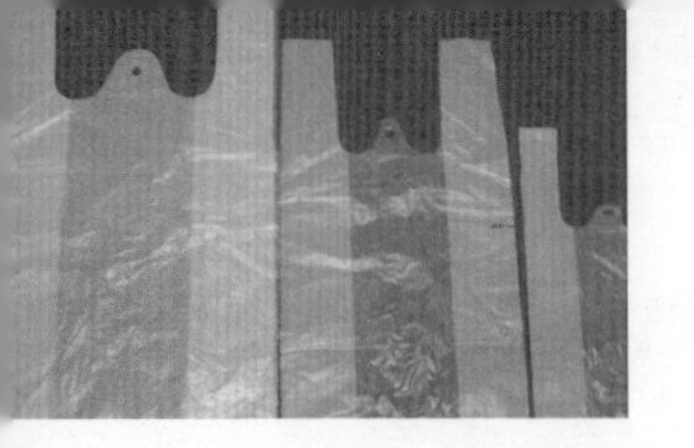

降解

余京輝

2002 年 10 月，英國的一家報紙評出了「人類最糟糕的發明」，獲此「殊榮」的，就是近期在環保話題裏經常出現的「塑料袋」。

你可能留意到「塑料（sùliào）」這個詞，香港怎麼説？答案是「塑膠」。「塑膠」不是規範詞彙。因此，香港通常説「膠袋」，普通話要説「塑料袋」。

你聽説過「白色污染」這個詞嗎？它指的是一次性難降解的塑料包裝物造成的污染。其中又以我們平時盛載「盒飯」的容器——泡沫塑料飯盒的數量及影響最大。泡沫塑料在香港被叫作「發泡膠」。

塑料難降解的特性，是造成白色污染的最重要的原因。降解，是指高分子化合物的大分子分解成較小的分子。生物體消化器官直接吸收的物質都為小分子物質，然後再合成為自身組織。例如：我們每天都要吃適量的蛋白質，但我們不是直接吸收蛋白質，而是通過消化系統把蛋白質降解為氨基酸，這些氨基酸被小腸吸收後，進入血液循環系統，送到體內不同的位置，再合成我們人體需要的蛋白質。任何高分子化合物都有其生命周期，當其生命周期終結時，它就會降解為小分子，重新進入生態循環鏈——被某些生物體吸收，再合成高分子化合物……，周而復始，循環往復。也許塑料是人工合成的物質，它需要幾十甚至上百年才能自然降解，所以這些廢棄的塑料製品嚴重地影響了自然環境。

如果上課的時候，學員説：「工作太忙了，只好吃飯盒。」我就會問：「你吃甚麼飯盒，不銹鋼的，還是塑料的？」這時學員就會用詫異的眼光看着我，好像在説：「你説甚麼？」注意：説普通話的時候，一定要分清「盒飯」和「飯盒」的差別。飯盒，是裝飯的容器，不能吃；盒飯，是指用泡沫塑料飯盒盛載的「份兒飯（fènrfàn）」，而香港兩個意思都用「飯盒」表示。顯然，我們只能吃「盒飯」，「飯盒」是萬萬吃不得的。下次説普通話的時候，可要小心點兒！

説「電」

余京輝

現代人日常生活離不開電。我們的家庭電器供電方式通常有兩種，廣州話叫「乾電」和「濕電」，普通話說「電池」、「交流電」。在普通話裏，有人把電池叫做「乾電池」，但並沒有產生「乾電」這個詞。

人類日常生活最早使用的電器應該是電燈，1879 年，愛迪生發明的電燈叫「白熾燈（báichìdēng）」，其發光器件叫「燈泡」，普通話口語常伴有兒化，故叫作「燈泡兒（dēngpàor）」。這裏，要注意「泡」唸第四聲。由於白熾燈的「電一光」轉換效率太低，人們不斷研究，終於在上世紀 60 年代發明了日光燈。日光燈的發光原理與白熾燈有很大差別，其發光系統由燈管（香港稱為「光管」)、啟動器或稱「啟輝器」(香港稱作「士撻」)、振流器（香港通稱「光管火牛」）三大件組成。

「火牛」這個詞在香港被非常廣泛地使用，其對應的中文詞有幾個。首先是「變壓器」，這在香港也用；其二是「變壓整流器」，如：手提電話的充電裝置，它首先把 220 伏的交流電變壓為安全低電壓，再整流為直流電。還有就是上文説的振流器，它是一個交感綫圈，作用是形成穩定的交變電流，使燈管發光。

與電及電器有關的參數我們最常見的有五個：電壓、電流、電阻、頻率（pínlǜ）、功率。電壓的單位是「伏特」（簡稱：「伏」），香港通常直接用英文名稱「volt」。電流單位用「安培」（簡稱：「安」）；電阻則以「歐姆」為單位，這兩個香港叫法相同。只有交流電才有頻率的概念，香港電網是 50 赫茲（hèzī），某些國家，如：美國是 60 赫茲。至於功率單位，香港通常用「火」，而普通話用「瓦特」（簡稱：「瓦」），如：香港説「買個 40 火燈膽（或光管）」，普通話要説「買一個 40 瓦的燈泡兒」，或「買一根 40 瓦的燈管」。

順便説一種微電維修工具，香港人習慣叫的「辣雞」，普通話要説「電烙鐵」或「烙鐵（làotie）」。

樓道與筒子樓

余京輝

普通話水平測試有一個説話題目：「我的童年記憶」。我經常聽學員回憶小時候在公屋的生活：「長長的黑黑的走廊裏……」。如果説地道的普通話，就不用「走廊」這個詞（當然，考試裏用也不算錯），而用「樓道」——樓房內部的通道。除了走道外，還包括樓房內樓梯通道。

香港舊式公屋的結構是一條長長的樓道，兩邊一家家的住房。站在樓道的一頭往裏看，這黑漆漆的樓道像甚麼？像不像一個筒子？所以這種結構的樓房又叫「筒子樓（tǒngzilóu）」。不只香港有筒子樓，內地以前也有很多（上世紀五六十年代的建築），多為單位宿舍，如果你看內地十幾年前反映城市生活的電影，就很容易找到它的蹤迹。筒子樓裏的生活和香港公屋的差不多，也成為一種「集體記憶」，留在一代人的心中。當然，隨着時代的進步，現在不會再興建筒子樓了。

提起北京的四合院，你一定不陌生。如果是一戶人住一個四合院，叫「獨門獨院」；如果是幾家人住一個四合院，這個院子就叫

「雜院兒（záyuànr）」。在北京，通常住雜院兒的人家經濟條件都不太好，品流複雜，所以又稱「雜院兒」為「大雜院兒」。舉兩個大家熟悉的例子：小說《大宅門》所描述的就是「獨門獨院」富貴人家的生活，而小說《駱駝祥子》則是描寫北京「大雜院兒」裏平民百姓的生活。

還有一個和建築有關的名詞，多數學員不理解。門洞兒（méndòngr），狹義指大門裏面有頂的較長的過道。最典型的例子是北京天安門城樓基座那五個長長的門洞兒。廣義的門洞兒，是指住家的大門，或庭院裏院牆上開的各種門。

Nán

Běi

Fēng

Wèi

南北風味館

uǎn

從螃蟹說起

周立

蟹（xiè），普通話叫「螃蟹（pángxiè）」，讀的時候，不要把「蟹」讀成 xié，xié 是「鞋」的普通話音，可是很多香港人往往會把「鞋」讀成「孩(hái)」。試想，如果把「我的鞋子掉到水裏去了」中的「鞋子（xiézi）」說成「孩子（háizi）」，那便太嚇人了。

「買蟹要揀生猛嘅」，「揀」普通話叫「挑（tiāo）」；「生嘅」叫「活的（huóde）」；「生猛」可以叫「活蹦亂跳（huóbèngluàntiào）」。螃蟹「打橫行」可以說成「橫着走（héngzhezǒu）」。廣州話的「行」普通話叫「走」；廣州話的「走」普通話叫「跑」。螃蟹除了「走」，還可以「爬」。

看腹部的「臍（qí）」可以分辨螃蟹是雌蟹還是雄蟹，所謂尖臍為「公」，團臍為「乸」。在普通話中，「公」也叫「公」，「乸」叫做「母」。至於詞序上也有差別:「蟹公」叫「公螃蟹」，「蟹乸」叫「母螃蟹」。

蟹鉗，學名叫「螯（áo）」，通常叫「鉗子（qiánzi）」。蟹腳叫「螃蟹腿兒（pángxiètuǐr）」，因為一般螃蟹的腿都不太大，所以讀兒化韻，表示細小之意。不過，現在不少「蟹腳」的個兒頭都不小，真的可以稱為蟹「腿」了。螃蟹的腿還可以叫「爪兒（zhuǎr）」。

蟹蓋，普通話叫「殼（ké）」。「殼」是多音字，可以讀ké，如：「貝殼」、「雞蛋殼兒」；也可以讀qiào，如：「地殼」、「金蟬脱殼」，二者都是指堅硬的外皮，讀音不同是約定俗成的習慣。

蟹膏，普通話稱之為「蟹黃兒」。「黃兒（huár）」指蝦蟹等體內的卵巢和消化腺；也指卵的核心部分，如：「蛋黃兒（dànhuár）」。魚春不叫「魚黃兒」，而叫「魚子（yúzǐ）」，這個「子」不能讀成輕聲，也不能寫成「籽（zǐ）」，「籽」指的是植物的種子。

「劏」，普通話叫「宰（zǎi）」、「殺（shā）」都行，「斬件」叫「切塊兒（qiē kuàr）」。北方人喜歡把這個準備的過程叫做「收拾（shōushi）」，「螃蟹不用收拾，直接上鍋蒸就行了」。

吃蒸蟹的時候要「蘸作料（zhàn zuóliao）」，普通話裏，「蘸」與「站」同音，意為「在液體、粉末或糊狀的東西裏沾一下就拿出來」。人家説「蘸」着吃，是讓你「蘸」作料，你可別理解為「站」起來吃啊！

哈喇味的糖耳朵

周立

這個題目你看得懂嗎？

先說「糖耳朵」吧。糖耳朵是北京清真小吃中的名品，又叫「蜜麻花」，因形似人耳而得名。糖耳朵用和（huó）好的發酵（jiào）麵摻（chān）上鹼（jiǎn），再和（huò）上紅糖，炸成金黃色撈出，趁熱放進飴（yí）糖中泡一分鐘，稱為「過蜜」；浸透後，撈在盤裏晾涼就成了。前人有詩說：「耳朵竟堪作食耶？常偕伴侶蜜麻花，勞聲借問誰家好，遙指前邊某二巴。」

再說「哈喇味」。哈喇味（hālawèi）是指食油或含油食物日久過時而致味道變壞。有朋友自北京來香港，我就讓他去北京南城的南來順飯莊買糖耳朵帶來，可朋友嫌遠，隨手買了幾個充數。這幾個糖耳朵本來質量就差，再加上飛機誤點，到了我手上已經變「哈喇味」了。請留意，「哈喇味」一般輕讀，間或重讀，但不要讀成 halloween，「哈喇味」跟萬聖節可扯不上關係。

「哈巴狗」本來叫「獅子狗」、「巴兒狗」，人們常用「哈巴狗」來罵順馴的奴才。「哈」字此義出自滿語，滿語管拍馬屁、獻媚叫做「hadaba」。很多人把「哈巴狗」說成 hābagǒu，其實不對，正確的讀音是 hǎbagǒu。至於台灣人把盲目崇拜、複製日本流行文化的青少年族群斥為「哈日族」，與滿語原義關係不大，這個詞彙的流行主要是因哈日杏子的系列漫畫而起。

京藏鐵路火車開通後，不少人去西藏旅行，都會帶回來幾條「哈達（hǎdá）」。「哈達」其實就是長條的絲巾或紗巾，多為白色，藏族人和部分蒙古族人喜歡用它來表示敬意和祝賀。「哈」還可以用於姓，也讀 hǎ。回族有句諺語：「十個回回九姓馬，一個不姓納就姓哈。」可見，姓哈的人多數是穆斯林。

「哈什螞（hàshimǎ）」，「學名林蛙。雌的腹內有脂肪狀物質，中醫用作補品，為宮廷貢品。」（《中國中藥志》）藥材舖賣的雪哈油就是哈什螞油，俗稱「哈蟆（háma）油」，有養顏的作用，但不知這被譽為「八珍之首」的雪哈油放久了，會不會也變「哈喇味」呢？

愛窩窩和驢打滾兒

周立

有讀者問：「愛窩窩」和「驢打滾兒」是甚麼樣的食品？普通話的「點心」和「早點」是一回事嗎？

「愛窩窩(àiwōwo)」是北京的一種清真小吃，也是宮廷小吃。用蒸熟的糯米揉成皮，包上桃仁、芝麻、瓜子仁、青梅、金糕等雜錦餡兒，有點像日本菓子。清人李光庭在《鄉諺解頤》一書中說，明朝有一位皇帝愛吃這種小吃，想吃的時候就吩咐說：「御愛窩窩。」

後來，這種食品傳入民間，一般百姓不能用「御」字，就省略了「御」字而稱「愛窩窩」，亦作「艾窩窩」(讀成輕聲)。

「愛窩窩」在明代已流入民間，《金瓶梅》記錄當時流行的美食中就有「愛窩窩」。《燕都小食品雜詠》中說：「白粉江米入蒸鍋，雜錦餡兒粉麵搓。渾似湯圓不待煮，清真喚作愛窩窩。」

「驢打滾兒(lǘdǎgǔnr)」(見本文插圖)也是傳統的北京清真小吃。用糯米粉、黃豆麵做皮，豆沙或棗泥做餡兒。「驢打滾兒」和毛驢沒有關係。只是因為毛驢高興起來，會在地上打滾兒，身體自然會沾上很多乾土。而「驢打滾兒」的最後一道工序，就是在外皮上撒一層乾豆麵，很像毛驢剛打完滾兒的樣子，所以得名「驢打滾兒」。

「點心（diǎn xin）」是怎麼來的呢？傳說北宋宣和年間，宋徽宗有一次到道院裏燒香，時間長了，覺得肚子有點餓，可又沒到開飯的時候。正巧有個姓孫的賣魚人取出一塊蒸餅獻給他說：「可以點心。」

這裏的「點心」做動詞，有「充飢」的意思，後來才演化為名詞。喝茶吃點心並非廣東獨有，老北京人每天早晨也是喝茶吃點心，所以，普通話的早飯也叫「早點（zǎo diǎn）」。

以前廣州有一家小吃店，老闆頗有心思，招牌上「點心」的「心」字中間故意少寫了一點。路過的人一看，自然而然會產生聯想，覺得「心」中空空，非要加一點不可，於是紛紛不由自主地進店叫點心吃，小吃店的生意因此十分紅火。

醬豆腐、腐乳和南乳

周立

有朋友問：醬豆腐（jiàngdòufu）、腐乳（fǔrǔ）和南乳（nánrǔ）一樣嗎？普通話該怎麼説？醬豆腐是北京的菜式名嗎？

醬豆腐、腐乳和南乳實際上是一類東西，都是用豆腐等發酵製成的佐餐小菜。因為南北方的製造工藝不同，才有了三個名字。

「醬豆腐」（fermented beancurd）即豆腐乳，以北京的「王致和」為代表。北方的醬豆腐可以分為三類：紅方（醬豆腐）、青方（臭豆腐）、白方（南味）。北方地區多叫醬豆腐，但也有不少東北人習慣稱「腐乳」。「腐乳」原是南方的叫法。「腐」即豆腐，「乳」取其汁液義。南方的腐乳比北方的醬豆腐塊兒小，製造也精細很多。香港常見的白色腐乳就是這種，比如：水口腐乳。

一般腐乳的原料都是豆腐，但廣東有一種用芋頭製成的腐乳，稱為「南乳」，因塊大色紅，所以英文叫“fermented red beancurd”。本地名小吃「南乳肉」（叫「肉」實際上是花生米，九龍太子道西有一家小店做得最地道）製作時所用的材料的不知是不是它。北方人也把江浙一帶出產的腐乳稱為「南乳」，其實是「江南腐乳」的簡稱，這是相對於北方醬豆腐的叫法，與廣東的紅色南乳不是一回事。

由於南北方都出產這種食品，詞彙融合得較早，所以《現代漢語詞典》把「醬豆腐」和「腐乳」都收錄了，普通話可以叫「醬豆腐」，說「腐乳」也行。

醬豆腐的定位始終是調味品和佐餐小菜，與醬肘子、醬牛肉等概念不同。「醬」用於烹調有兩個義項：一是豆、麥發酵後加鹽造成的調味品（醬）；二是用醬或醬油醃的（菜），或是用醬油煮的（肉）。「醬豆腐」顯然更接近前者。能不能把調味品稱為菜式就見仁見智了，不過，享受清粥配腐乳也是美事一樁呢。

調味品又叫「作料（zuòliao）」，口語中習慣讀成 zuóliao。有人寫成「佐料」，「佐」其實應讀第三聲 zuǒ，《現代漢語詞典》上也沒有這種寫法，還是用「作料」吧。

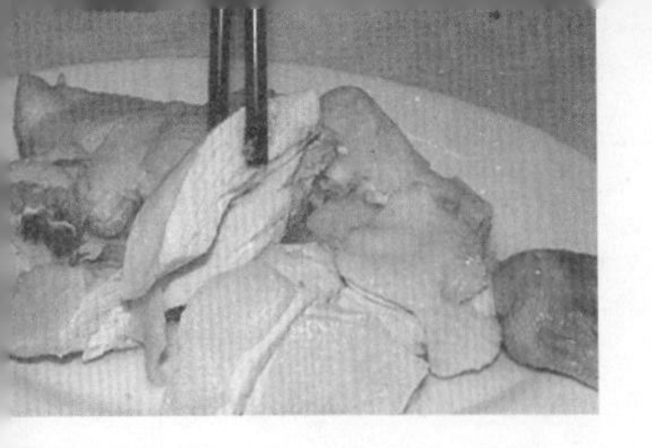

吃雞

周立

吃雞也能學普通話。

「雞（jī）」的普通話發音和廣州話的「知（ji[1]）」很相似，但廣州音「知」是舌葉音，發音部位靠前一點兒，而 j 是舌面音。讀 j 的時候，舌尖輕抵下齒背，舌面拱起，接觸硬顎前部後慢慢離開，讓氣流從縫隙中擠出來就行了。

普通話把雞頭叫作「雞腦袋（jīnǎodai）」，讀輕聲。人的頭部也叫「腦袋（nǎodai）」，還可以叫「腦瓜兒」、「腦瓜子」、「腦袋瓜兒」、「腦袋瓜子」。形容一個人思路敏捷，可以說「他的腦瓜兒轉得很快」。

頸部又叫「脖子（bózi）」，也讀輕聲。脖子的後部叫「脖頸兒（bógéngr）」，也寫作「脖梗兒」。一般情況下，廣州話中的「頸」在普通話裏大多可以說成「脖子」，「雞頸」可以叫「雞脖子」。但「頸鏈」就不能叫「脖子鏈」，而要叫「項鏈 xiàngliàn」，比如：「她脖子上戴了一條項鏈」。

普通話的腳和腿是不同的概念。「腿（tuǐ）」專指足踝以上的部分，「雞髀」就是腿；「腳（jiǎo）」則是指足踝以下的部分，「鳳爪」就是雞腳。腿和腳連起來可以組成「腿腳（tuǐjiǎo）」，是指走動的能力，例如：「這位老人腿腳挺利落，不用拄拐棍兒」。

「鳳爪」普通話叫「雞爪子（jīzhuǎzi）」。「爪」有兩個讀音，一個唸 zhǎo，指鳥獸的腳，如：「鷹爪」、「爪牙」，多用於猛禽惡獸；另一個唸 zhuǎ，意思和前者相同，最常見的用法是「爪子（zhuǎzi）」，如：「雞爪子」、「貓爪子」；還可以讀成兒化——「爪兒（zhuǎr）」，指小動物或器物的腳，比如：「老鼠爪兒」、「三爪兒鍋」等等。注意，不要把「爪」和「抓（zhuā）」弄混。

吃雞的時候，可以說「這道菜是不是雞呀」、「你吃雞呀」，不能說「這道菜是雞吧」、「你吃雞吧」，因為「雞吧（jība）」的諧音在北方話中是罵人的意思。同樣，問別人是否姓王，也不能用「吧」，「王吧」與「王八」同音，「王八（wángba）」即「水魚」，在普通話中，「烏龜（wūguī）」、「王八」都是罵人的話。當你遇到一個不肯定對方是否姓王而需要用普通話交談的朋友時，大可這樣問：「您是不是姓王啊？」而千萬不要說：「你姓王吧？你爸爸是老王吧？那我就叫你小王吧！」

吃飯了嗎？

馮薇薇

北方人見面，無論是大清早還是黃昏時分，他們最常用的問候語就是:「吃飯了嗎？」這裏「吃飯」的意思並不是廣東人所想的「吃米飯」，而是指每日定時吃的食物（如：早飯、中飯或晚飯）。

有一次，香港同事請我去她家吃飯，她殷勤好客，大大小小做了足足十幾道菜，卻唯獨沒有米飯。她不好意思地向我解釋說：「對不起，我已經很久沒吃飯了。」聽了她的話，我着實嚇了一跳，心想長期不吃飯，她是怎麼活到今天的呢？想是這麼想，但臉上還是保持鎮靜。我問：「很久沒吃飯？不可能！那你吃甚麼？」「我吃餸呀。」她還挺自豪地說。我知道餸就是菜，但不知道「飯」的意思只可以是「米飯」。「那餸不是也是飯嗎？現在咱們就是在吃飯啊！」我還沒鬧清楚。「不是，飯就是飯，就是米飯。現在咱們沒有米飯。」我才明白，原來此「飯」不是彼「飯」。開飯了，面對一盤盤的菜，我又傻眼兒了。同事說了一大堆菜的名稱，我怎麼也跟腦子裏的菜名對不上號。從那天起，我開始注意香港街市上的菜牌和北京菜市場裏的作物標籤，將它們進行配對。

買菜吃飯是日常生活裏必不可少的活動內容，無論你在香港，還是去北京旅遊公幹，都要吃飯，如果北上求學或是北上定居，那就肯定要有機會去買菜了，所以了解兩地對青菜食物的不同叫法是非常重要的（見附表）。但是，也有些蔬菜的名稱在粵普中說法一致，比如：西洋菜、韭菜、韭菜黃、油菜、紅蘿蔔、白蘿蔔、洋蔥。

蔬菜類

廣州話	普通話
1. 紹菜、黃芽白	大白菜
2. 椰菜	捲心菜、洋白菜、圓白菜
3. 芽菜	綠豆芽
4. 大豆芽菜	黃豆芽
5. 通菜	空心菜
6. 矮瓜	茄子
7. 涼瓜	苦瓜
8. 馬蹄	荸薺
9. 四季豆	扁豆
10. 薯仔	土豆

肉禽海產類

廣州話	普通話
1. 脊肉	裏脊肉
2. 牛脹	牛腱子
3. 豬膶	豬肝
4. 豬紅	豬血
5. 豬脷	豬舌頭
6. 雞翼	雞翅膀
7. 雞髀	雞腿

饅頭？窩頭？

馮薇薇

頭，就是腦袋，人的身體最上面的部分。頭，除了單用表示腦袋之外，還可以後輟在其他字後面，組成新的詞彙。

「饅頭」和「窩頭」都是中國北方人家喻戶曉，並且十分喜愛的食物。對南方人來說，特別是香港地區，雖然對「饅頭」有所認識，但對「窩頭」就知之甚少了。

「窩頭」，也叫「窩窩頭」。如果個頭小點兒，還可以叫「小窩頭」。製作窩頭的時候，要把研磨得很細的玉米麵粉加水加糖，進行調和，然後揉成尖頂凹心的圓錐形狀，放進蒸鍋裏蒸熟而成。傳說八國聯軍侵入北京的時候，慈禧在逃亡途中吃了民間窩頭充飢，覺得非常好吃。回京後，她命令御膳房照做。御膳房於是在民間窩頭的基礎上加以改良，創造出小巧玲瓏、一口一個、且具有栗子清香味的小窩頭甜點。這種小窩頭的做法在 1910 年左右流落到民間，如今以北京仿膳飯莊的小窩頭最為有名。

學過普通話的人都知道，很多後輟「子」、「頭」的詞語都要讀輕聲，比如：桌子、椅子、鴿子、燕子、木頭、石頭、舌頭等，因為這些後輟的「子」和「頭」都是虛語素。

有虛就有實。作為實語素的後輟「子」或「頭」的詞語就不需要讀輕聲，比如：原子、光子、男子、開頭、蛇頭、龍頭等。

「饅頭」的「頭」是虛語素，應讀輕聲；而「窩頭」的「頭」是實語素，不應讀輕聲。

「饅頭」和「窩頭」同為食物，它們的「頭」到底有甚麼不同？答案就在它們不同的製作方法上。「饅頭」是個圓圓的蒸熟麵糰，無棱無角；而「窩頭」則有所不同，它呈圓錐狀，有凹（窩兒）有頂（頭），所以，「窩頭」的「頭」是實的，而「饅頭」的「頭」則是虛的。

下次去北京仿膳飯莊時，在點「饅頭」和「窩頭」之前，千萬要想清楚它們的發音。

青菜

孟改芳

「土豆（tǔdòu）」是甚麼？長在土裏的豆，是「花生」嗎？不是。「土豆」正是香港人說的「薯仔」，學名叫「馬鈴薯（mǎlíngshǔ）」，北方人叫它「土豆」。在街上，有時看到大貨車上裝滿一箱箱的貨物，上面寫着「天津土豆（tiānjīntǔdòu）」，可見北方是土豆盛產地。

吃過「西紅柿（xīhóngshì）」嗎？當然吃過，而且經常吃，它就是我們說的「番茄」，和「番茄」有個「番」字一樣，因為是外來品種，所以「西紅柿」前面有一個「西」字以和本地品種區別。同樣，「洋白菜（yángbáicài）」的「洋」字也有外來的意思，「洋白菜」就是我們說的「椰菜」。

北方人把「小唐菜」叫「油菜（yóucài）」，因為其種子可以用來榨油。有人以為「菜心」在北方叫「油菜」，這是一種誤解，「菜心」本來是南方的菜，後來引入北方，名字仍叫「菜心」。

「矮瓜」在北方叫「茄子（qiézi）」。不過，北方的「茄子」有兩種，一種和香港所見的一樣，是長的；另外一種是圓的，但味道都是一樣的。

上面說的菜都是北方和南方都有的，只是名稱不同。也有些菜雖然北方、南方都有，但因為南方和北方的氣候不同，雖是同一種菜，樣子已發生了變化。

其中「唐蒿」就是代表了。在北方，有一種菜，其葉子和「唐蒿」一樣，但莖比「唐蒿」高很多，味道跟「唐蒿」一模一樣。這種菜叫「蒿子桿兒（hāozigǎnr）」。

還有「油麥菜」，這種菜在南方葉子長得比較茂盛，我們在香港吃到的只是它的葉子部分；但在北方，這種菜的莖部卻很發達，拔掉葉子後樣子像「竹筍」，北方人除了吃油麥菜的葉子以外，還吃它的莖。它的學名叫「萵苣（wōjù）」，北方人又叫它「萵筍（wōsǔn）」。有時在上海舖子可以看到。

來香港十幾年了，大部分北方菜在香港都見過，但也有少量青菜一直到現在在香港都吃不到的。其中一種是「心里美（xīnliměi）」。「心里美」是一種蘿蔔，像青蘿蔔，但比青蘿蔔胖，圓圓的，上半部分是青綠色，下半部分是白色。裏面是紫紅色的心，味道清甜爽脆，是北方人冬天的水果。

還有一種菜叫「茴香（huíxiāng）」，是調味香料「小茴香」的幼苗，有一種特別的香味，北方人多用它做包子、餃子的餡料，非常好吃。為甚麼香港沒有呢？可能是香港人很少吃餃子吧。哎，真可惜！

新產品：忌廉蛋糕

余京輝

一次，在「國家普通話水平測試」的考場上，一位漂亮的小姐以一口略帶京味的標準普通話接受着測試。在測試的最後一項——「命題説話」中，她選的話題是「我的拿手菜」。她説：「我的拿手菜是做忌廉蛋糕。忌廉蛋糕是這樣做的……」。等她離開後，我馬上問北京來的那位考官：「您知道她做甚麼嗎？」回答是這樣的：「我開始以為香港又出了甚麼新產品，忌廉蛋糕。到最後才明白，原來是奶油蛋糕啊！」

很多學員問我這個問題：英語 cream，香港叫「忌廉」，普通話怎麼説？應該叫「奶油」。「奶油」即「奶裏的油」，是將全脂牛奶經過離心攪拌處理而分離出來的物質，它的主要成份是脂肪，及其他奶固體。根據脂肪含量的不同，「奶油」可分為淡奶油和濃奶油。淡奶油脂肪含量約為鮮奶的六倍，通常加在咖啡、奶茶、西餐紅菜湯（香港叫「羅宋湯」）等食品裏，類似香港人慣稱的「淡奶」；濃奶油脂肪含量更高，用打蛋器打鬆後，再加一些輔料，就可以塗在蛋糕表面，或擠成奶油花。因此這種蛋糕叫「奶油蛋糕」

（香港稱「忌廉蛋糕」）。而濃奶油再提純，脂肪含量更高，水分、蛋白質進一步減少，就成了我前文提到的「黃油」（香港稱「牛油」）。

若干年前，在香港上普通話課，老師會提醒學生不要用「曲奇」（英語 cookie）這個音譯詞。確實，查 1996 年的《現代漢語詞典》（第二版修訂版），並沒有收錄「曲奇」這個詞，但到了 2005 年的第五版，「曲奇」已成為一個詞條，解釋是「奶油餅乾；小甜餅」（見第 1124 頁）。

還有一種西點和奶油有關。香港叫「慕思」，英語 mousse 的譯音。原來普通話正規的叫法是「凍奶油甜點」，但隨着內地的開放，用「慕思」、「慕士」的人也越來越多了。

香港的麵包店有一個產品「冬甩」，是英文 doughnut 的音譯詞，普通話是一個意譯名「炸麵包圈」。注意「炸」普通話讀第二聲。「甩（shuǎi）」普通話有揮動、拋開、用甩的動作往外扔等幾個意思。

敢喝酸奶嗎？

余京輝

奶變酸了意味着甚麼？一般來講是奶變質了，也就是壞了，不適宜喝。但是，如果把牛奶經殺菌和冷卻後，加入純乳酸菌讓奶變酸，它就成為很多人喜歡喝的「酸奶」了，香港叫「乳酪」，英語叫 yogurt。

在內地消費要小心，「酸奶」、「酸奶飲料」、「乳酸飲料」、「含乳飲料」是幾個不同的概念，後三者都屬於披着「酸奶」外衣的「冒名頂替」者，與「酸奶」比，它們的營養價值就遜色很多了。

而普通話的「乳酪」是英語 cheese 的一個意譯詞，通常叫作「奶酪」（nǎilào，注意「酪（lào）」字很容易讀錯），又叫「乾酪」，是另外一種奶類製品。香港將它音譯為「芝士」，台灣叫「起士」、「起司」等等。「奶酪」是把奶放酸之後，再加細菌或酶（香港叫作「酵素」）發酵而成，它的營養價值比酸奶還要高。這個製作過程和中國的「臭豆腐」有不少雷同之處，加上它有一種特殊的味道，有些人叫它「西洋臭豆腐」。「奶酪」這種產品對於世界各地的遊牧民族都不陌生，而「奶酪」這個詞在漢語裏最少也有幾百年的歷史了。蒙古人建立的元朝，及滿人建立的清朝，是「奶酪」進入漢人區的重要時期。相傳北京以前有很多賣奶酪的店鋪，叫「奶茶鋪」，但現在只剩下一兩家了。

前幾年某作家寫了一本書《誰動了我的奶酪？》，一度颳起一股「奶酪旋風」，各種關於「奶酪」的文章和書風行一時，甚麼《我能動誰的奶酪》、《奶酪讓誰拿走了？》、《「暫住證」是誰的奶酪？》、《×× 界的奶酪在哪裏？》等等。很顯然，「奶酪熱」給「奶酪」這個詞注入了新的含義——權力、財富、地位，甚至是感情、人際關係、幸福和快樂等等，簡單地說就是利益。

如果要介紹香港的地道美食，很多人會說「茶餐廳奶茶」，其實各地「奶茶」的口味相差甚遠。香港常見的是英式奶茶，「珍珠奶茶」是台式的，而上文提到北京以前的「奶茶鋪」賣的奶茶是蒙古風味的。它是用青磚茶或黑磚茶、牛奶或羊奶和水熬煮出來的鹹味奶茶，很多漢人都不習慣於那股濃重的羶味，覺得它「很難喝」。

Rén

Wén

Dà

人文大舞台

Wǔ Tái

在北京怎樣稱呼人？

宋欣橋

你到北京旅遊，一上出租車就要打個招呼，你如何稱呼司機呢？如果你直接稱呼「司機」，司機認為你太不客氣了，會很不高興。

你最好別忘了在「司機」後面加上「師傅」二字，稱他為「司機師傅」，或者就叫「師傅」。如果你已經知道他的姓氏，也可在「師傅」前面加上姓氏，如：張師傅、王師傅、李師傅等。北京人是天子腳下的人，很在乎別人對他的尊重和禮貌，用這種稱謂會拉近你們之間的距離，使你的行程一路暢通。

「師傅」原本是對有某種技藝的人的尊稱，如：木匠師傅、電工師傅，近些年用於泛指成年人，多用於男性。如此稱呼他人，人家會覺得你很客氣。對教師、文化知識階層等職業的人，一般不用「師傅」這個稱呼，可以通稱為「老師」，也可以加上他的姓氏，如：張老師、王老師等。問個路哇，買個東西呀，辦個事情啊，稱成年男性為「師傅」就行了。

北京人幾十年前，稱「小姐」，是指有錢人家的女孩兒。現在北京人也稱女性為「小姐」，不過僅僅限於二十幾歲的年輕女性，你稱五六十歲的女性為「小姐」，誰都會覺得有點兒彆扭。「小姐」本是尊稱，但有時也含有貶義成分，用來形容嬌氣或傲慢，例如：「小姐脾氣」。值得注意的是，近年來，由於內地色情業屢禁不止，「小姐」的稱呼由泛指年輕女性，而轉向專指從事色情業的女性。例如：「你們賓館有小姐嗎？」北方有些地區，年輕女性已經開始反感稱呼她為「小姐」了。如果稱呼服務性行業，如：商店、餐廳、賓館、飛機場工作的女性，可以稱為「服務員」。如果稱呼醫院裏工作的女性，就一律稱作「大夫」。如果您年逾花甲，就叫她們「姑娘」吧，聽起來更親切。

在北京，以前用「先生」稱呼那些有文化有知識的人，特別是教師，如：「教書先生」。在北京人看來，技術好手藝高的是「師傅」；那麼，有知識學問高的人，才能稱為「先生」呢。另外，北京人稱德高望重的知名人士為「某某老先生」，也可以簡稱為「某老」，如：周老、劉老等。近年來，北京也悄然興起用「先生」尊稱一般的男性，使用的範圍雖不太廣泛，但確有逐步擴大的趨勢。另外，現在北京稱呼別人的丈夫或者對別人稱呼自己的丈夫，也叫「先生」了。不過，通常要在前面加上人稱代詞，例如：「她先生病好了」「我先生出差了」「我們先生……」「我家先生……」等。

北京人的小字輩兒

宋欣橋

香港人稱呼晚輩或年輕人之間習慣用英文名，也可以在名字中取一個字，前面加「阿」(或「亞」) 成為親暱稱呼，例如：阿勤、阿巍、阿寶。

而一般北京人沒有英文名，只有中文名，長輩稱呼晚輩，或年輕人之間互稱，通常是在姓氏前加上「小」字構成，這就是「小」字輩，例如：小張、小王、小劉。這種稱呼在同事或鄰里之間是非常普遍的，甚至進入家庭稱謂，如丈人或丈母娘稱呼自己的女婿等。加「小」字的稱呼，屬於親暱稱謂的範圍，因而對陌生人通常不用這種稱呼，至少初次見面是不大用的。

因為表示「小」，按普通話的習慣用法，大多數可以讀成「兒化」：例如：小張兒、小王兒、小劉兒、小周兒、小陶兒、小陳兒、小田兒、小馮兒、小楊兒、小吳兒、小侯兒、小陸兒等等。

在平輩或年輕人之間，這個「小」有時可以省掉，表示更為親暱的程度，但必須「兒化」，例如：張兒、宋兒、吳兒。

但是，也有一部分加「小」字的稱謂，北京人習慣上不「兒化」，例如：小施、小徐、小石、小林、小季、小曾、小孫、小謝、小夏等等。這可能與這些稱謂「兒化」以後讀音拗口、不順耳有關。

當然，其中一部分，直接與避諱兒化後的同音詞有關，例如：「小于」兒化後，與「小魚兒」同音；「小金」兒化後，與「小雞兒」同音；「小韓」兒化後，與「小孩兒」同音；「小蔡」兒化後，與「小菜兒」（常用來比喻輕而易舉的事情）同音；「小錢」兒化後，與「小錢兒」（指少量的錢）同音。在不「兒化」的稱謂中，有少數可以加「子」，例如：小于子、小林子、小李子。

在「小」字輩裏，有時可以出現「大」的稱呼（不兒化），不是他（多為男性）輩分大，而是相對長得個子大，身體強壯，以此也可以區別相同姓氏的年輕人，例如：大李／小李、大劉／小劉、大林／小林。

逛北京

馮薇薇

北京，不僅是新中國的首都，也是五朝的古都。北京以它獨有的古老文化和名勝古跡吸引來自世界各地不計其數的遊客、商人和政客到來參觀遊覽。2008 年的奧運會更使北京成為了世界關注的中心。

北京人以禮貌、和氣聞名全國，北京人説的話也以風趣幽默而著稱。

到了北京，大家都喜歡去王府井大街逛逛（guàngguang）。其實，「逛」除了遊蕩和慢慢溜達之外，還可以當搖挄、顛簸和寬大不服貼來講。比如：「叫你拎好了慢慢兒走，你偏跑，瞧，一桶水逛剩半桶水了。」又比如：「這件衣服太肥，穿起來有點兒逛。」

到了王府井，看到那麼多喜歡的東西，忍不住，於是「逮（dǎi）」着甚麼買甚麼。這裏的「逮」，有捕捉的意思，由「捕捉」還可以引申到「吃」，比如：「他見一盤兒香噴噴的紅燒肉，猛往肚子裏逮。」

在王府井，「花錢如流水」是很正常的事兒，但也有些人卻捨不得花錢，顯得特「摳兒（kōur）」。這個「摳」字的意思是吝嗇。由此引申，還有「極力控制、勒緊使用」之意，比如：「他那二百塊錢可來得不容易，捨不得吃、捨不得喝，從牙縫兒裏摳出來攢的。」另外，還可當「雕刻、嵌入」解釋，比如：「把香皂摳成個小花籃兒。」「勒得太狠了，繩子都摳進肉裏去了。」除此之外，還有「認真細緻地做一件事情」的意思。比如：「這篇小說我足足摳了半年才寫成。」

北京的夜晚非常熱鬧，自然不應該待在酒店，而應該出去「泡（pào）」吧。這個「泡」的意思是拖延、消磨時間。其他引申的意思包括：誠心死纏爛磨，比如：「他要是說不行，咱們就跟他泡蘑菇。」挑逗、調戲，例如：「沒事兒他就去咖啡館兒泡妞兒解悶兒。」

雖說北京話有別於普通話，前者只不過是一種方言，而普通話是「以北方話為基礎，以北京語音為標準音，以典型的白話文著作為語法規範的和民族共同語。」但相比其他方言，北京話更接近普通話，只是多了些兒化音和輕聲詞語罷了。

其實，詞彙是要靈活運用的，語言本身也是不斷發展變化的。以前認為不是普通話的粵方言詞語，現在不是很多都已經成為漢語新詞語了嗎？所以，不必過分強調哪些詞語屬於北京話，哪些詞語屬於普通話。只要有助於更好地與「國語人」溝通交流，多了解一些「北京人說的話」又有甚麼不好呢？

小買賣

周立

「買賣」可以讀成 mǎi mài，屬於動詞，意指交易；也可以讀成 mǎi mai，屬於名詞，意指生意。在普通話裏，「做生意」又叫「做買賣」，「他是做生意的」可以説成「他是做買賣的」。這裏的「買賣」要讀輕聲。

做生意首先要找個好拍檔，「拍檔」就是「合作夥伴」。廣州話中有一個詞叫「拍硬檔」，是請求別人大力協助的意思，普通話可以説成「幫個忙」。比如：「拍硬檔，同我執吓呢間房。」可以説成：「幫個忙，幫我收拾一下這間屋子。」

如果一個人的本錢不夠，大家就要夾份，「夾份」，普通話説成「合股」、「合夥」。「夾份」還可以譯為普通話的「湊份子」，大家湊錢送禮就叫「湊份子」，比如：「小強下個禮拜結婚，大家湊份子給他買了件禮物。」

「皮費」在普通話中稱為「日常開支」；「重皮」就是「費用大」；「維唔到皮」可以説成「不夠本兒」；「慳皮」就是節省日常開支，一般簡單説成「省錢」就行了。比如：「租車好重皮嘅！可能都維唔到皮，為咗慳皮，都係自己買番架好啲。」普通話就可以這樣說：「租車費用太大了，可能都不夠本兒，為了省錢，還是自己買輛車好。」

「事頭」在普通話叫作「老闆」，也可以叫「掌櫃的」；「事頭婆」，普通話叫「老闆娘」，也可以叫「內掌櫃的」。「打理」就是「管理」。「呢間公司由佢打理」，普通話可說成：「這家公司由他管理。」

現在很多行業都流行外判，內地叫「發包」；「承包」，普通話叫「判來做」；「判頭」，普通話叫作「包工頭兒」。比如：「這個工程是市政府發包的，由我們公司承包，包工頭兒就是市長的表弟。」

類似的詞語還有不少，大家可以參考以下附表：

廣州話	普通話
嘜頭	商標
來路貨	進口貨
貨辦	樣品
貨尾	剩貨
蝕本	虧本
幫襯	光顧
發市	開張
渴市	暢銷
（賣）斷市	脫銷
執笠	倒閉

合吃族、大家攤、湊份子、小器

孟改芳

繼「上網族」、「追星族」之後，內地近來出現了另一個新詞——「合吃族（héchīzú）」。

「合吃族」指的是大城市的單身男女，通過互聯網，與單身的網上鄰居們約定飯局，光顧垂涎已久的特色飯館，吃自己想吃的飯菜。

在大城市，有不少外地來的單身男女，他們遠離父母，一人在大城市打拚。自然少了像本地青年一樣享有的家庭照顧和父母關愛，每天雖然不會餓肚子，但卻不一定能吃到自己想吃的飯菜；到外面去吃，雖然可以吃到可口的飯，但價錢又相對的貴了一點。於是，有人提議「合吃」，結果得到大家的呼應，「合吃族」就這樣誕生了。

北京的合吃族，每次合吃時大約三至五人，人員隨機組成，吃完 AA 制結賬，一般每人每次不超過二百元。在北京的一些社區網上，有不少帖子都在討論晚餐的菜譜和價格，並交談新發現甚麼好館子等。

說到 AA 制，又讓我想起了內地的叫法。對應 AA 制，內地有一種說法叫「大家攤（dàjiātān）」。不過中國人要面子，大家一起吃飯，為了表示豪爽，總有人爭着結賬，有時還爭得面紅耳赤。還是現在年輕人的做法好，AA 制，互不拖欠。

和「大家攤」一樣，內地還有一個詞語叫「湊份子（còufènzi）」。指的是有人有好事，大家每人拿出一點錢，合夥買件紀念品，恭賀對方。當然這只是一般朋友之間的一種恭賀方法。有點類似香港朋友結婚，「人情」五百元一位，但「湊份子」的金額比五百元要少很多。上世紀 90 年代，一般人的工資約有一百元，同事結婚「湊份子」的金額只是一兩塊人民幣。現在工資增加了，但也不是那麼多，還沒有到「紅色炸彈」的級別。

過年時，看到很多報章上說北京人和上海人派紅包很豪爽，每封都是上百元，相比之下，香港人就比較「孤寒」。這裏說的「孤寒」，普通話是叫「吝嗇（lìnsè）」，口語中更常說的是「小器（xiǎoqi）」。

不過，香港人不要那麼自卑。上海人、北京人派的紅包叫「壓歲錢（yāsuìqián）」。壓歲錢不是見人就派的，更不是凡是沒結婚的人就可以得到的。一般來說，壓歲錢是派給自己家裏的小孩子的，數量非常有限。與香港人每年動輒用幾千元派「利是」相比，北京人和上海人始終是排在香港人後面的。

鼓吹、分享和經驗

孟改芳

學普通話的人都知道，普通話在用詞方面和廣州話有所不同，例如：「番茄」，普通話叫「西紅柿」；「霸位」，普通話叫「佔座」。但在日常生活中，廣州話有些詞雖然和普通話用的詞一樣，但有時所表達的意思或習慣用法和普通話卻不相同。

先說「鼓吹（gǔchuī）」一詞，這個詞在《現代漢語詞典》中的解釋是：（1）宣傳提倡；（2）吹噓。但在中國近五十年中，這個詞在中國內地使用時，大多數都取其「吹噓」之意，很少有人用其「宣傳提倡」之意。換句話説，「鼓吹」多用其貶義，甚少用其中性之意。例如在鄧小平捱批時，批他「鼓吹資本主義」；胡耀邦倒霉時，被批「鼓吹資產階級自由主義」。但在香港則不同，例如我聽到有人説，要大力「鼓吹」一人一票普選特首。顯然，這裏所取之意是「宣傳提倡」。這種用法和內地是不同的。

第二，説説「分享（fēnxiǎng）」一詞，在香港，這個詞的使用率是很高的，長期病患者會和人一起分享抗病的經歷；單親家庭會和人一起分享生活的艱難；甚至吸毒者、賣淫者也會和人分享。

但查《現代漢語詞典》(第五版),「分享」一詞的解釋是「和別人分着(享受歡樂、幸福和好處等)」(見第 401 頁)。在內地，這個詞的使用也只限於《現代漢語詞典》所解釋的內容，例如有人說「分享成果」，而沒有人說「分享災難」、「分享痛苦」。

第三，說說「經驗(jīngyàn)」一詞，在香港，我們常常可聽到有人有這樣的說法：「我們要從錯誤和失敗中吸取經驗，改進工作。」香港迪士尼主題公園開幕之後出現了一些問題，有人這樣說過；「昂坪 360」在一拖再拖開幕時間之後，也聽到有人這樣說。查《現代漢語詞典》,「經驗」的意思是「由實踐得來的知識或技能」，應是一個中性的詞，可用於任何情況。但在內地，當出現了類似的情況後，用的不是「經驗」，而是「教訓(jiàoxùn)」一詞。「教訓」的意思是：「從錯誤或失敗中取得知識」。顯然，這個詞更適合用在出現錯誤或失敗之時，那麼，上面的一句話更恰當的說法就是：「我們要從錯誤和失敗中吸取教訓，改進工作。」這兩個詞在內地常用的習慣說法是：「總結經驗，吸取教訓。」

由耳環說起

孟淑文

幾年前的一個夏天，我由香港回北京看母親。當時，我戴了一對耳環。晚上，臨睡前，我把它摘下，順手放在桌子的抽屜裏。第二天，由於天氣熱，我沒再戴它。中午時，媽媽關心地問我：你的「鉗子」放在哪兒了？我感到莫名其妙，反問媽媽：我回家是來看您，幹嗎帶「鉗子」回來？媽媽堅持說：「昨天我還看見你戴在耳朵上呢！」啊！我恍然大悟，原來媽媽指的是耳環呢！以前，我們確實把耳環也叫做「鉗子」，現在一提起它，想到的只是用來夾住東西或夾斷東西的器具了，看來只有老人們有時才會這樣稱呼它。

兒時我們稱「火柴」為「取燈」，顧名思義是它取代燈火。後來又稱「火柴」為「洋火」，大概因為它是從外國流傳到中國，因而加了個「洋」字。隨後又改為「火柴」了。僅僅一代人中，就反映出詞語的變化是多麼大呀！真是不同時代會出現不同的詞語。

不由得我又想起，上個世紀 60 年代中期，在內地發生的「文化大革命」，一夜間就滿天飛舞起甚麼「走資派」、「紅衛兵」、「鬥批改」、「反四舊」、「臭老九」等詞語。隨着「文化大革命」

的結束。這些興盛一時的詞語，也立即就消失了。

上世紀 70 年代末，隨着改革開放的步伐，一些新的詞語大量湧進社會中，並且不斷地增加。這些新詞語不能單純地從表面理解，它們充分顯示出了時代感。

如「下海」不只有到海中去的意思，更有比喻離開原來的工作，投身商業界做買賣。「亞健康」也叫做「第三狀態」，是健康與疾病兩者之間的一種狀態，指身體雖然沒有患病，卻出現生理功能減退、新陳代謝水平低下的狀態，主要表現為食慾不振、疲勞、胸悶、頭疼、失眠、健忘、神經衰弱、腰痠背痛、情緒不安、做事效率低等。引起亞健康的原因主要是不良的生活習慣，如：酗酒、吸煙、飲食不平衡，再加上現代人們的快節奏生活方式等。「丁克家庭」，是指夫妻均有經濟收入並自願不生育子女的家庭。「丁克」一詞來自英文 DINK，是 double income no kids 的縮寫（詳見另文）。

隨着時代的發展，新詞語的出現是必然的，其數量之多、範圍之廣、流傳速度之快，往往是人們預料不到的，因而我們必須時刻去學習，才能跟上時代的步伐。

丁克家庭的演變

孟淑文

「丁克家庭」這個詞語，它是指夫妻都有收入並自願不生育子女的家庭。在上個世紀的六七十年代已流行於歐美；內地自改革開放以來，從 1980 年代起，選擇「丁克家庭」生活的人愈來愈多。據一份資料顯示，北京市自 1984 年以來結婚的夫婦中，約有 20% 自願不生育，人數多達七萬人，這些大多是年輕的白領夫婦，他們具有高學歷、高收入、高生活、高消費，被稱為「四高新人」。

成為「丁克家庭」的原因大多是以下三種情況：一種是生活壓力大、生活消費高，以致被迫進入「丁克」一族；另一種是有些人自小生活安逸，不願意承受傳統的生活方式，主動加入了「丁克」一族；再有就是高收入的人群，他們追求高品質的生活，因而成了天生的「丁克」。如果自己主動選擇做了「丁克」，這樣的家庭大都會堅持下去，任何外界的因素，例如父母的勸説、親友的提醒，對他們都不會起到甚麼作用的，他們都會堅持到底的。

然而，隨着社會的發展、時間的流逝，特別是人們生活的改善，有些本已選擇「丁克家庭」的夫婦，有不少又殺了個「回馬槍」。一位在婦產醫院工作的大夫談到「產房中有不少高齡產婦，有些原來是不想要孩子的」。這些改變初衷，邁出了「丁克家庭」的比例並不少，因而現在社會上又出現了「白丁」這個有趣的詞語，是指曾經把「丁克」當做一種目標，宣稱自己決定要做「丁克」的人，過了一段時間後，又主動放棄了，意思就是「白白地丁克了一回」。

除了「白丁」這個詞語外，「丁克家庭」中還有「丁克 ing」(意思是「丁克進行時」)，即是指仍在堅持丁克方式的人。此外，還有「丁克 ed」，那是指「丁克」是被動的，因為生理原因不得已的「丁克」。更有趣的是，現在還出現了「丁狗」這詞語，這是一群發誓要把「丁克」發揮到最大程度狀態的人，他們以養狗代替養小孩兒，這些人是「丁克」的最高級別，因此也有人稱之為「骨灰級丁克」。

從現實生活中，我們看到：「丁克」與「非丁」最大的不同在於是否以孩子為重心，是否願意承擔一份沉重的家庭責任。而「丁克」們隨着年齡的增長，愈來愈多的人開始成熟，願意承擔責任，由此看來，堅持「丁克」的人是真正需要極大的決心和勇氣。

你是甚麼「領」？

馮薇薇

隨着經濟的發展和科技的進步，現今中國內地的職業領域中出現了許多帶「領」的新名詞，甚麼「白領」、「藍領」、「金領」、「粉領」等等。可見，「領」已成為劃分不同職業階層的一個標誌。那麼，五顏六色的「領」是怎麼來的，又是如何被定義的呢？

其實，「白領」和「藍領」在英語中很早就有了。白領，英語叫"white collar"；藍領，英語叫"blue collar"。後來，這兩個詞被引進到了香港粵語裏，1975 年香港電台有一個廣播劇就叫《藍領白領》，裏面的主題歌也叫《藍領白領》。可見「白領」和「藍領」都曾是香港粵語詞，且歷史也不短。《現代漢語詞典》1996 年修訂版把兩詞作為新詞語補充進來，從此，「藍領、白領」正式進入普通話。在其後的數年中，「藍領白領」不光在中國內地廣泛流通，而且還翻出種種新用法，真是香港人始料不及的。

白領（white collar）：一般是指有教育背景和工作經驗的人士，或從事純粹腦力勞動的人。因他們上班時千篇一律穿着深色西服，白襯衫加領帶，因而產生了「白領」稱呼。

藍領（blue collar）：有一定技能或沒有技能的人，或從事體力和技術勞動的工作者。因為他們工作時多穿藍色工作服而得名。

金領（gold collar）：一般是具有良好的教育背景，聰明、有創意，掌握現代高科技技術，或在某一行業有所建樹的資深人士。他們是新一代的超級白領。金領一般月薪在 10,000 人民幣以上，很多人年薪在 30 萬元以上，有的甚至百萬元。他們大多是公司的 CEO（首席執行官）、CFO（財務總監）或 COO（首席運營長）。

粉領（pink collar）：指女性集中行業的從業人員。粉紅色是女性的代表顏色，溫柔且浪漫，因而「粉領」多指女性從事的行業，如：禮儀禮賓、幼稚教育、秘書、女助理等行業人員。

其實，甚麼「領」都無所謂，關鍵是你的工作是否適合你自己的才能或技能。崗位不在高低，適合自己，能盡最大程度發揮自己的才能或技能，實現自我價值的同時，又能為社會多做貢獻的便是好工作，屬於甚麼「領」，我想倒無所謂。

示範單位

張勵妍

最近到上海旅遊，住在親戚家裏，她告訴我：他們的地址是徐家匯路 135 弄永業公寓 2 號。到了目的地，發現這「公寓」是個高級屋苑。老的概念，「公寓」多指旅館、小型酒店式的住處，而現在在內地，公寓多是成組的樓房，環境較好，設備較完善。

內地沒有「屋苑」的説法，也沒有「屋邨」，成片的居民住宅多稱為「小區（xiǎoqū）」，親戚領我們進入他們的小區，大門入口站了幾個「門衛」（就是香港説的管理員），而每棟「樓」倒沒有獨立的大廈管理員。

地址上「×× 路」之後是「×× 弄」，那是上海的習慣，並非全國各地都那麼叫。「弄」不讀 nòng，要讀 lòng，原指「弄堂（lòngtáng）」，就是小巷的意思，我的親戚住在 135 弄，但並非第 135 條弄堂；「弄」有時也代表「門」，135 門也就是我們概念中的 135 號，而她住永業公寓 2 號，這裏的 2 號是 2 號樓。

地產業務在內地已經日漸蓬勃，樓房買賣很普遍，可以買賣的樓房叫「商品房」——注意，香港人常用的「樓」字，普通話一般都換成「房」，「地產」應説成「房地產」，「買樓」就是買房，「樓價」就是房價，上海的年輕人有不少合夥在外面租房，可不要以為他們去租別人的一個房間，「租房」就是租房子。

計算房子面積，香港用 ×× 呎，實際是平方英尺，內地用「米」做單位，像我親戚的房子，就有一百多平方米，簡化地説，可以説 100 平米或 100 平方，他們是租客，如果要買，大概也要一百萬元人民幣，平均一平方接近一萬元人民幣。上海比較好的房子，價格一點兒不便宜。當然，比起香港，豪宅動輒萬元一呎（一平方就是十萬元人民幣），上海這個房價標準就算不了甚麼了。

在香港，新的「樓盤」出售，總會有示範單位，在上海逛街，也看到「示範單位」的牌子，但此單位不同彼單位，普通話的「單位」是工作單位，不是居住單位；「示範單位」是掛在優質店鋪門前的，代表它是非一般的先進模範。

水頭充足

何偉傑

廣州話説：「水頭充足」，從氣象角度而言，這反映了華南以至香港地區的多水現象。「水」組成了許多廣州話詞彙，可是這些詞彙變為普通話以後，大多都與水無關。

香港東臨太平洋，且地處亞熱帶，終年多雨和航運發達的獨特地理環境，使與「水」有關的詞語特別多，地名如：「氹仔」（水坑）、「大清水」、「馬料水」、「淺水灣」、「深水埗」、「天水圍」、「大埔滘」（滘，指分支河道），其他如：「水泡」（救生圈）、「水貨」（非由本地經銷商代理的平衡進口貨物，該詞已漸入普通話）、「水尾」（挑剩的東西，撈剩的油水）、「放水」（放錢出來／故意洩露消息）等等。我們把這些香港詞語譯成普通話詞語的同時，也可以揭示這種廣州話文化詞語的某些特殊地理環境背景，讓大家知其所以然。

以下更多與水有關的廣州話和它們的普通話對譯：

廣州話	普通話
水魚	冤大頭（yuāndàtóu）
度水	借錢（jiè qián）
水緊	錢不夠用（qián bú gòu yòng）
抽水	抽佣金（chōu yòngjīn）
吹水	瞎扯（xiāchě）
匯水／紙水	匯率（huìlǜ）
薪水	工資（gōngzī）
補水	補薪（bǔxīn）
撲水	找錢用（zhǎo qián yòng）
掠水	刮削（guāxiāo）
睇水	把風（bǎfēng）
火水	煤油（méiyóu）

J iào

X ué

C è

S hì

教學測試站

Z hàn

漢語拼音是學話良伴

林建平

2004 年 12 月 26 日，國家語言文字工作委員會發佈了《中國語言文字使用情況調查》的主要結果。調查結果顯示，全國能用普通話進行交際的人口比例約為 53%。漢語拼音作為國家通用語言文字的拼寫和注音工具，其作用已寫進《中華人民共和國國家通用語言文字法》第十八條:「國家通用語言文字法以《漢語拼音方案》作為拼寫和注音工具。《漢語拼音方案》是中國人名、地名和中文文獻羅馬字母拼寫法的統一規範，並用於漢字不便或不能使用的領域。初等教育應當進行漢語拼音教學。」從這次調查結果來看，全國懂得漢語拼音的人口比例達 68%。

我們都知道，1958 年 2 月，第一屆全國人民代表大會第五次會議通過了《漢語拼音方案》。《方案》公佈後，主要在以下範圍使用：(1) 給漢字注音；(2) 促進普通話的推廣與普及；(3) 成為拼寫漢語的國際標準。

《漢語拼音方案》的最大優點，即根本的優點，就是採用了拉丁字母。中國著名語言學家王力（1957）在《漢語拼音方案草案的優點》一文中，提出三個優點：第一個優點是不造新字母；第二個優點是盡可能不用變讀法；第三個優點是盡可能照顧國際拼音習慣。

所以說，《漢語拼音方案》是比較完善的一種方案。

有人主張，學習普通話，只要傳意溝通就行，不必講究音準，不用學習漢語拼音。教學實踐表明，普通話到了某個階段，語音的關口突破不了，就很難再進一步提升普通話水平了。

以普通話水平測試為例，初學普通話的港澳人士，多數徘徊在三級水平。通過努力學習，學好漢語拼音，區別 n-l 聲母，分清 zh 與 z，發好 -ng 尾與 -n 尾的字音，區分第一聲和第四聲等等，人人都有進步的空間，「升級」還是可以預期的事。我們認為，漢語拼音是個學習工具，不是我們學「話」的終極目標。

不能簡單認為，學會了漢語拼音，就等於學會了普通話。但是，只要我們掌握了這個工具，成為我們發音、辨音和正音的好幫手，就可以自我糾正，培養自學能力，讀準四百個音節。漢語拼音始終是我們學習普通話的良師益友。沒有這位良師，我們就容易迷失；有了這位益友，我們的學習路上就有了信靠。據報道，周潤發在北京拍電影，自備錄音機，「苦練普通話」。導師教他區分 z-zh 聲母的字詞，例如：資源—支援、早到—找到、阻力—主力等等；同理，還要區別好 s-sh，比如：私人—詩人、司長—師長、桑葉—商業等等。

著名語言學家周有光先生在《漢語拼音方案基礎知識》(見本文插圖)一書中指出,《漢語拼音方案》的制訂有三個原則:口語化、音素化、拉丁化;又提出《漢語拼音方案》「三不是」的觀點:「不是漢字的拼音方案,不是方言的拼音方案,不是文言的拼音方案。」經過周老的點撥,我們對《漢語拼音方案》,有更深刻的理解和體會。

常用拼音教學方法

林建平

前文提到，拼讀法是漢語拼音教學中最常用的方法。簡單地說，拼讀法就是把聲母和韻母快速地連起來讀成一個音節。自從《漢語拼音方案》公佈後，內地語文教學通過教學實踐，總結了經驗，對拼音教學方法提出了不同的方案。例如：支架法、聲介合母教學法、三拼連讀法、音素連讀法等。陳恩泉《漢語拼音教學法》一書提到了這幾種方法的優缺點。

支架法

拼音時，聲母不出聲，找好聲母的發音部位，只是作好發音的準備（支好架），然後用韻母衝開「架子」，即成音節。發音要領是「前面聲母支好架，後面韻母緊跟它；聲韻合成一口氣，快速拼出不會差。」例如：拼 bei（杯），先閉上雙唇，做出發 b 音的準備，再用 ei 衝開架子，即成為音節。這種拼音方法比較簡單，但是發音方法（送氣與不送氣）不容易說清楚，不好指導學生發音。

聲介合母教學法

當聲母和帶有介母，（介音）i，u，ü 的韻母（主要是 i，u）相拼時，可採用這種方法。先把聲母和後面的介母當作一個整體，然後隨韻母連讀拼成音節。例如：拼 jian（間）這個音節時，先把 j 和 i 合拼成 ji 這個音節，然後把 ji 和後面的 an 相拼為 jian。這種拼法少教 14 個帶韻頭的複韻母和鼻韻母，但要教 30 個聲介合母。對有些韻母和聲母相拼時省掉了主要元音，較難拼準，需要附加拼寫規則。1963 年，在內地小學廣泛流行；1972 年，被三拼連讀法代替。

三拼連讀法

先唸聲母，後唸介音，再唸韻母，快速連讀，拼成音節。發音要領是「聲輕介快韻母亮，三音連讀很順暢」。例如：j-i-ang → jiang（江）。這種方法省學用介母開頭的 12 個鼻韻母，是一種比較簡單而快速的拼音方法。

音素連讀法

「聲母發本音，韻母隨後跟，聲韻一氣連，一下讀成音。」例如：b-ing → bing（冰）。這種方法的優點是，直接讀出字母代表的音素，減少了拼寫規則的講解，便於教學。但是，聲母本音不容易被學生掌握，清輔音聲母發音不夠響亮（普通話多清輔音聲母），在教室大、學生多的情況下，學生難以模仿。

1980 年代初，內地一些重點小學試行用直呼音節的教學方法，要求學生看拼音字母就能讀出拼音來，而不需要經過拼讀的過程，這種方法叫做「直讀法」。

克服你的「香港腔」

張勵妍

香港人説普通話有很多常見的語音缺陷，形成「香港腔普通話」。現在來談談怎樣對付這些發音問題。

如果你有一種語音的缺陷，如何練都未能糾正，我會建議你先練習聽辨。比如一個人發聲母 n 和 l 的字常常互混，很有可能他嘴裏唸 la，卻認為唸的就是 na，這樣一來，首先要讓他有分辨這兩種音的能力。自我辨音一般有兩種方法：一是音節對比法；二是詞語對比法。

1. 音節對比法：是利用不同的音節，替換 n 和 l 聲母，反覆練習對比，感覺發音的不同，例如：辨別 nèi（內）- lèi（類）、nóng（農）- lóng（龍）、nú（奴）- lú（盧）……。

其他的混讀錯誤，也可用此法辨音：

辨別平 / 翹：zá（雜）- zhá（閘）、cā（擦）- chā（插）、sā（薩）- shā（殺）……。

辨別 -n/-ng：sān（三）- shāng（商）、hén（痕）- héng（恒）、yǐn（引）- yǐng（影）……。

2. 詞語對比法：也是利用替換的方法，突出容易互混兩音的分別，例如：

辨別一四聲	**今**年 jīnnián — **近**年 jìnnián 出**家** chūjiā — 出**嫁** chūjià
辨別n/l	老**娘** lǎo niáng — 老**梁** lǎo Liáng **扭**轉 niǔzhuǎn — **流**轉 liúzhuǎn
辨別-n/-ng	**臨**時 línshí — **零**時 língshí **門**面 ménmian — **蒙**面 méngmiàn

以上兩法是幫助我們能分辨出相近的發音；不過，如果要克服自己的毛病，你還得下點苦功，才能在自然說話時避免犯錯。下面這種組詞操練法是一種有效的自我訓練的辦法：

組詞操練法是個繞口令式的口齒靈活訓練法，普通話老師一定用過「西施死時四十四」把 shi 和 si 混雜在一起來訓練學生的平翹轉換的適應力。現在說的組詞操練的作用一樣，只是不用句子而用詞語，例如：

真絲	zhēnsī	遲早	chízǎo	詩詞	shīcí
增值	zēngzhí	測試	cèshì	四時	sìshí

此法是把容易混淆的兩個音組合在詞語裏面對比訓練，強化口齒的靈活性。

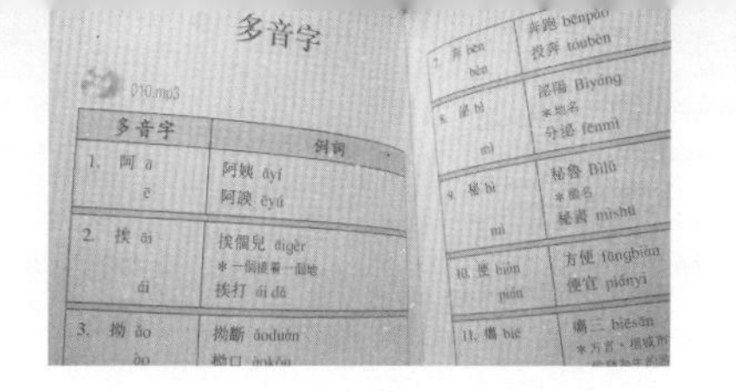

如何記憶多音字？

張勵妍

很多人都注意到一字多音的問題。比如長短的「長（cháng）」和長大的「長（zhǎng）」，又如朝氣的「朝（zhāo）」和朝代的「朝（cháo）」；不過，區別這些字應該不會有很大的困難。相對來説，相處的「處（chǔ）」和處所的「處（chù）」，還有答應的「答（dā）和回答的「答（dá）」，要區別起來就難得多。

普通話的多音字，大部分在廣州話裏也是有區別的，説普通話時，按習慣類推便可，如：「長（短）」讀如「腸」，「長（大）」讀如「掌」；又「朝（氣）」讀如「招」，「朝（代）」讀如「潮」。教師不必費太多時間給學生練習；而另外一類就要下工夫對付了。

這類多音字，在廣州話裏並不區分，因此，需要強化訓練，加強記憶。如「處」，讀第三聲 chǔ 時，用作動詞，相處、處理、處置、設身處地等都讀 chǔ； 而讀第四聲 chù 時，指地方，如：住處、處所、辦事處等都讀 chù。

至於「答」，從意義上看，「答（dā）」和「答（dá）」的意思大致一樣，不過，讀第一聲 dā 的，只限於答應、答理、答腔等少數幾個詞語，只要記住這幾個，其他都讀第二聲 dá 了。

上面提到的是利用區別詞義的方法，以及「排除法」(即所謂記少不記多）記憶多音字，這是常見而有效的方法。我們還可以利用一個固定的詞語記憶，造成條件反射的效果。

下面再舉一些常見的廣州話同音，普通話多音的例子：

<table>
<tr><td rowspan="2">秘</td><td>bì</td><td>秘魯 Bìlǔ</td><td>地名用</td></tr>
<tr><td>mì</td><td>秘書 mìshū</td><td></td></tr>
<tr><td rowspan="2">差</td><td>chā</td><td>差別 chābié</td><td>又：誤差、差錯</td></tr>
<tr><td>chà</td><td>差勁 chàjìn</td><td>數量少，如：差不多、差點兒、差勁(「差」指不好、缺欠）</td></tr>
<tr><td rowspan="2">稱</td><td>chèn</td><td>稱心 chènxīn</td><td>又：對稱、稱身、稱職
(「稱」為適合意）</td></tr>
<tr><td>chēng</td><td>稱呼 chēnghu</td><td>又：稱快、自稱、簡稱、稱讚(「稱」表示説、叫）</td></tr>
<tr><td rowspan="2">處</td><td>chǔ</td><td>相處 xiāngchǔ</td><td>又：處理、處置、設身處地(「處」用作動詞）</td></tr>
<tr><td>chù</td><td>處所 chùsuǒ</td><td>又：住處、辦事處(「處」指地方）</td></tr>
<tr><td rowspan="2">答</td><td>dā</td><td>答應 dāying</td><td>只限於少數詞語，如：答理、答腔</td></tr>
<tr><td>dá</td><td>回答 huídá</td><td></td></tr>
<tr><td rowspan="2">喝</td><td>hē</td><td>喝水 hēshuǐ</td><td></td></tr>
<tr><td>hè</td><td>喝彩 hècǎi</td><td>又：喝令、喝問(「喝」指大聲喊）</td></tr>
<tr><td rowspan="2">殼</td><td>ké</td><td>蛋殼 dànké</td><td></td></tr>
<tr><td>qiào</td><td>地殼 dìqiào</td><td>只限於個別詞語，如：甲殼</td></tr>
</table>

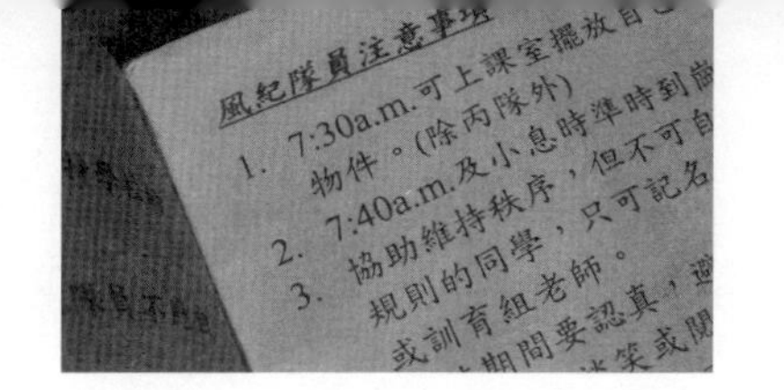

香港的學校用語

張勵妍

聽一位老師上普通話課，她安排學生做聆聽練習，要求他們注意聽不要看着書，她提醒學生「把書蓋上」，這一句課堂用語用得不當，她大概以為平時説的「冚（kam^2）埋本書」，普通話就是「把書蓋上」，可是，「蓋」讓人理解為「覆蓋」，我們並不是要用甚麼東西把書蓋起來，而是把打開了的書「合上」，因此，應該説成「把書合上」才對。

的確，很多用慣了的廣州話表達方式都需要改過來，比如：不該説「隔壁的同學」，應該是「旁邊的同學」；又如表揚學生，我們可以説「用掌聲鼓勵他」，而不是「給他一些掌聲」或「我們拍手」；比賽遊戲也不能説「鬥快」，而應説成「看誰最快」或「比比看誰最快」等等。

在香港，學校裏的用語都有自己一套，外地人常常不明所以，我曾經列出一批用語，請普通話進修的學員（很多是老師）轉譯，這裏介紹一下：

1. 默書——默寫

2. 一堂—— 一節

3. 小息——休息 / 課間休息

4. 巡堂——（校長）巡視

5. 連堂——兩節相連

6. 記名——把名字記下來（處分）

7. 放榜——公佈成績

8. 簿（校簿、×× 簿）——本 / 練習本

9. 貼堂——貼在報告板上

10. 留堂——放學留下來

11. 校工——工友

12. 見家長——請家長來見面

大家發覺很多用語會找不到一個簡單的對應詞，因為普通話沒有那樣的概念，即使有相應的說法，如第 9 至第 11 的用語也不見得轉譯得很準確，假如有人說：「他每一篇作文都被貼在報告板上」，不一定帶表揚意味；說「老師要我放學留下來」也沒有受罰的意思；而「貼堂」和「留堂」兩個詞的色彩就很鮮明。但縱使是那樣，也要讓學生知道，這只是香港慣用的說法，對外來的人，或你到外地去，還是要用大家能共同理解的用詞和說法。

課堂教學用的普通話

孟改芳

香港中小學的中文教學，大部分是以廣州話為教學語言，這種情況已持續幾十年了。但近年來，部分中小學都紛紛試驗用「普通話」作為教學語言教授中文，這種變化尤以直資學校最為突出。

用普通話教授中文，除發音的變化外，教學用語也相應地要變化。例如在中小學的識字教學上，生字的偏旁部首的名稱，粵普之間就有一些差異。例如：「草」字的「草花頭」，普通話稱為「草字頭」；「寶」字的「寶蓋頭」，普通話稱為「寶蓋兒(bǎogàir)」；「們」字的「單企人」，普通話稱為「單立人」；「很」字的「雙企人」，普通話稱為「雙立人」；「提」字的「剔手邊」，普通話稱為「提手旁」；「這」字的「撐艇」，普通話稱為「走之兒」；「陽」字的「斧頭邊」，普通話稱為「左耳刀」；「部」字的「耳仔邊」，普通話稱為「右耳刀」；「和」字的「禾字邊」，普通話稱為「禾木旁」；「等」字的「竹花頭」，普通話稱為「竹字頭」……由此可見，單是字詞教學，如果想用地道的普通話教授，也要用相應的教學詞語，否則會給人以「畫虎不成反類犬」的感覺。

另外，在課堂用語上，廣州話常用「派」字，例如：派簿、派通知、派信等。普通話則說「發」，例如：發本、發通知、發信等。廣州話中的「單行簿」，普通話叫「橫格本（hénggéběn）」；廣州話中的「家課」，普通話叫「家庭作業」。

廣州話中還常用「書」字，例如：背書、聽書、溫書、默書等，普通話則說：背課文、聽講、溫習功課、默寫課文等。

老師批改作業，廣州話常用「打剔」、「打交叉」表示對錯，普通話則說「打鉤（dǎgōu）」、「打叉（dǎchā）」。

學生犯了錯，老師會「罰企」、「罰抄」，普通話則稱之為「罰站」、「罰寫作業」或「罰抄生字」。

廣州話所說的「返學」、「上堂」、「落堂」及「返屋企」，普通話則稱之為「上學」、「上課」、「下課」、及「回家」。總之，用普通話教中文，不是單單改變發音那麼簡單。

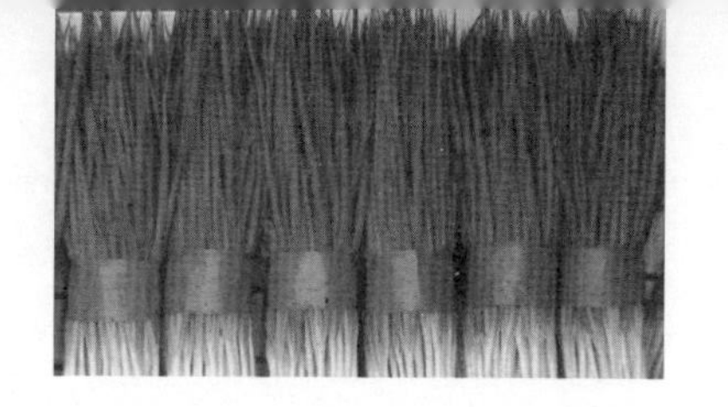

量詞用得對不對？

孟改芳

在學校裏用普通話上課，教師和學生同時都會碰到一個詞彙轉換的問題。以量詞為例，日常生活中，我們廣州話地區使用的量詞和普通話的量詞比較，雖然大部分是相同的，但也有不少需要轉換。

在學校，我們常常會遇到這種情況，學生用普通話對你說：「老師，我看不清第三條題目。」或者「第一堂是體育堂。」前幾天，一位學生的媽媽也用普通話對我說：「妹妹今年被分到一間名校。」雖然他們的發音準確，但卻給人一種不倫不類的感覺。原因就是沒有將量詞進行適當的轉換。

在普通話中，有些量詞使用的字與廣州話是不同的。例如上面的句子中，有關「題目」的量詞，普通話用「道」而不用「條」；有關「課」的量詞，普通話用「節」而不用「堂」；至於「學校」的量詞，普通話用「所」而不用「間」。所以，使用時一定要轉換。

量詞中，「條」在廣州話中使用的範圍較廣，黃牙白、蔥可以用「條」，村、鎖匙也可以用「條」。可是，在普通話中，「黃牙白」叫「白菜」，它的量詞是「棵（kē）」；蔥的量詞是「根」；村的量詞是「個」；鎖匙在普通話叫「鑰匙（yàoshi）」，它的量詞，單數用「把」，複數則用「串」而不用「抽」。

同樣，量詞「粒」在廣州話中也被廣泛使用，如：一粒米、一粒藥丸、一粒電芯、一粒星。在普通話中，米的量詞用「粒」，但藥、電池、星星的量詞分別是「片」、「節」和「顆（kē）」。

量詞「對」和「雙」都常常用，但由於習慣，人們使用時會有不同的選擇。

廣州話說「一對鞋」、「一對襪」、「一對筷子」，普通話則說「一雙鞋」、「一雙襪子」、「一雙筷子」。

普通話中，豆腐的量詞用「塊（kuài）」而不用「磚」，生意用「筆（bǐ）」而不用「單」，汽車用「輛（liàng）」而不用「架」，錄音帶用「盤（pán）」而不用「餅」，酒用「瓶」而不用「樽」，菜刀用「把」而不用「張」。

如果你想知道更多有關這方面的知識，請查閱《普通話水平測試實施綱要》中的《普通話常見量詞、名詞搭配表》，那裏會有更詳細的資料。

鬥估希仔分

考試當然要求分數

余京輝

香港教育當局曾經提出一句口號：「求學不是求分數」，這自有它的道理，但我要說，與教育密切相聯的考試卻是要求分數的！

但凡考試就應該追求好成績，天經地義，只是追求的方法千差萬別。有人不斷探究而融會貫通，有人將勤補拙而鐵杵成針，有人死記硬背，有人猜題押寶，有人求助神靈等，不可盡數。

在我們教授的普通話水平測試強化課程裏，偶爾會遇到這樣的學員：對於課程安排的練習毫無興趣，只希望老師畫出考試範圍，希望得到如坊間某些「補習天王」的廣告說的那樣——「掌握這三招，保你拿一級甲等」！也許會考、高考可以用這樣的策略，但對水平測試是不適合的。

普通話水平測試的考試範圍已非常明確，基本出自《普通話水平測試實施綱要》這本書；試卷內容按照一定的要求，從中抽去。現在由電腦出題，再由人工干預調整，理論上可以組合的試題量近乎天文數字，而且這些試題是可以公開的。

這樣一名考生在測試時抽到某試題的機率是無窮大分之一，比中六合彩要難得多，那麼猜題押寶還有甚麼用呢？如果有人跟你説只要讀這些字、這篇文章，或説這個説話題目，就確保你考好，那他一定是不了解水平測試，或存心騙人，要麼就是再生黃大仙。

那麼，國家語委普通話水平測試應該如何準備呢？

普通話水平測試考核的是口語運用能力的整體水平，要得到好成績就應該全面提高普通話讀、説的水平。全面提高語言水平，應該做到「三多兩大」——多聽、多看、多説、大聲、大膽。

對於提高普通話水平，根據我的經驗，首先要解決語音的系統性問題，粵方言區人士最常見的系統性問題包括：一四聲、平翹舌音、n與l、前後鼻韻母分辨、失介音、輕聲、兒化不會發音等幾類。

有人説：「發現問題等於解決了一半問題。」發現普通話語音的系統性問題，如宋欣橋老師説的，需要「明師」（明白的老師）指點，因為我們發現，很多人並不知道自己的問題所在。

中文教師朗讀（朗誦）基本功

黃虹堅

每年，香港各團體都會舉辦大小普通話朗誦比賽，由各中小學派學生參加。雖説活動最終目的不在爭名次，但名次排列畢竟不可迴避。名次事關學校的面子甚至生存（眼下香港「殺校」危機四伏，學校不得不通過各種途徑彰顯形象），故學校上下都甚重視學生的表現。輔導教師在比賽前給學生所作的輔導、示範是少不了的，故學生朗誦的表現，大致是輔導老師的朗誦風貌的再現。

我們在觀摩中，除了感到學生有不少感情處理比較蒼白，還常常發現學生的朗誦技巧不到位。該表現出來的停頓、重讀、句調語調、節奏都只是聲音簡單的大小高低變化。聽眾聽來感到不自然、不舒服，有時甚至感到全身一激靈而起雞皮疙瘩。

比如在主題是「故鄉的橋」的齊誦中，多所學校的處理都是：「橋啊——（拖長腔），故鄉的｜（停約兩秒）橋啊——。」輔導者也許認為，這句是感情強烈的感歎句，故大大增強了語氣助詞「啊」的力度，並用了「升調」。又如帶「了」字的陳述句：「我們高興極了」，該用降調卻往往被讀成「升調」。這些有違一般句調、重讀規律的處理，說明坊間一些教師還需在朗讀和朗誦的基本功方面再學習和再積累。

中文科教師授課，一個重要的基本功是朗讀。它不等同於朗誦，卻是朗誦的前提。朗讀時只需語音準確，稍加運用停頓、重讀、句調和恰當的節奏把文字媒介變成聲音媒介，傳達出課文信息，就大致具備了朗讀基本功。如果教師有「更上層樓」的追求，向「朗誦」的目標進發，就須配合上感情（以聲帶情）、表情、身體語言、以及經藝術化處理的聲音（以情帶聲）。中小學近年進行了教材改革，新大綱要求的選文大都帶有文學色彩，有些文本就是作家寫的好的或比較好的文學作品。教師通過有效的朗誦，對學生的吸引力和感染力必定會增強。

用普通話教中文已是個不以人的主觀意志轉移的趨勢，為令學生收益，也令自己具有更強的競爭和生存能力，中文教師宜自覺進入普通話朗誦的訓練狀態，令自己具備中文、普通話教學的扎實基本功。

略談說話測試

曹原

普通話測試中第五項說話部分，最常見香港考生的問題是：使用方言詞、方言句式、書面語化和同義近義詞辭彙量不夠，影響表達的深度和得體／準確度。根據筆者測試時收集的例子，簡略跟大家探討一下：

一、套用方言詞

1. 動詞

踩單車（騎） 拋垃圾（丟／扔） 出街（上街）

發夢（做） 醫不好（治）

2. 量詞

一套戲 一間學校／醫院／店舖

3. 其他

人客（客人） 走堂（逃課） 今次（這次）

初時（起初） 打風（颳颱風）

一生人（一輩子） 質素（素質）

4. 不會使用普通話單音節動詞

單音節動詞在口語中的使用頻率很高。試試看，你認識下面的字嗎?

揪、拽、扯、捏、擰、揣、擱、撂、掰、蹭、摻、攙、踹、躥、撣

二、方言句式（又稱「港式中文」）

説話是人的思維的表現。具體的一句話怎麼説出來，在還未自覺形成普通話的思維之前，條件反射定是先用母語去想，然後轉換。最典型的一個例子：「我真的沒他的辦法。」來自於廣州話「我真係冇佢符。」再進一步説：「我完全冇佢符。」則被説成是：「我完全沒他的辦法。」而普通話的説法這兩句應該説成：「我真拿他沒辦法。」和「我拿他一點兒辦法都沒有。」

再請看以下直譯的例子：

1. 因成績不好，考不到大學。
2. 買了一條很大隻的狗。
3. 很多年以前，我父親一個人走來香港。
4. 因為很喜歡，就買它回來。
5. 今次考得不好，下次再來過。

6. 她說了很多令人感動的說話。

7. 有甚麼可以幫到你的。/ 令到我很不開心。

雖然在口語的溝通交流上，基本可以明白語義，但給人的印象還是普通話説得不地道，不能按普通話的思維和口語習慣去表達。

這次我們來探討口語表達的問題。説到口語，大家其實都不約而同的想到語境問題。在香港，人們使用的口語是廣州話，學的文字卻是中文書面語，這兩種不一致的語體，導致了香港考生一説普通話，就用中文書面語去想，説出來話就像背出來的文章，文縐縐的，還帶着點兒文言色彩，缺少普通話口語的簡單靈活和特定的表達句式。

三、書面語化

請看以下例子：

（較口語化的表達見括號內的句子）

1. 可以品嚐到很多很美味的食物。（可以吃到很多很好吃的東西。）

2. 因為喜歡便帶它回家。（因為喜歡就把它帶回家了。）

3. 原本我很疲累……（本來我很累……）

4. 這項工作非常之有挑戰性。（這項工作非常有挑戰性。)

5. 譬如說;(比如、例如、比方說、舉個例子、打個比方、你比方說;)

6. 就這樣飲下去。(喝)

7. 因為天氣變化不能活動,唯有去購物。(只好)

8. 總括而言;(總之,總的來說,總而言之,概括的講,一句話;)

9. 我喜歡春節,因為可以得到許多金錢和紅包。(可以收很多壓歲錢)

10. 買了許多旅行的書本。(買了很多旅行方面的書。)

四、詞彙量少,用詞不夠準確得體,表達比較單一

主要表現為同義近義詞的辭彙量不夠,影響表達的深度。比如:在說高興與不高興的情形時,我對來自本地的考生粗略統計了一下,幾乎 99.9% 的考生用「開心、不開心」這個表達;句式也很單調,一律是「令到我開心;令到我不開心」。類似的近義詞如:「高興、興奮、雀躍、快活、欣喜若狂、激動、痛快⋯⋯」或更口語化點兒的「爽極了、樂透了、美死了、高興壞了、連自己姓甚麼都忘了,真不知道說甚麼好⋯⋯」等靈活而有變化的用詞和句子在描述當中沒有,對不同程度的高興心情的描述幾乎每個人完全一樣。

總的來説，口語要多用短句，意思容易明瞭。另外，要學習基本的普通話口語常用詞彙和句式，體會説話人的語氣，根據具體語境多加運用，才能提高普通話的口語水平。

Y ǔ

Y án

W én

H uà

語言文化園

uán

簡體字和普通話

何偉傑

簡體字是目前內地全面使用的規範漢字，其中不少是形聲字，即聲符反映了漢字的讀音。有些朋友説，學習普通話的過程中若跟簡體字一起學，可以事半功倍。原因在哪裏？這是由於部分簡體字是用同音或近音替代的辦法簡化的，例如：「鬆」簡化為「松」，普通話裏的「鬆」、「松」兩字同音，知道這個關係，「松樹（sōngshù）」就不會再給人誤讀成「從樹（cóngshù）」了。

另一個例子是「鬍鬚（húxū）」的「鬚（xū）」，香港人用廣州話同音類推的習慣，容易將之誤讀為「蘇（sū）」，但如果認識「鬚」的簡化字「須（xū）」，就不會讀錯。其他例子如：繫（xì）、幹（gàn）、鬪（dòu），用了系（xì）、干（gān）、斗（dǒu）這些同音或近音的字來替代，讓大家更容易掌握它們的讀音。

簡體字另一種簡化的辦法是聲符的替代，好像億（yì）、憶（yì）、藝（yì）都用「乙（yǐ）」代替它們原來的聲符，變成「亿」、「忆」、「艺」，它們的讀音也因為有了「乙（yǐ）」的提示，容易讓我們記住。同樣的例子還有「戰艦（zhànjiàn）」的「艦（jiàn）」，簡化字是「舟」加「見」，變成「舰」，「見（jiàn）」也就是「舰（jiàn）」的讀音。

以下簡體字例子，反映它們和普通話的緊密關係：

繁體字	簡體字及讀音	聲符及讀音
療	疗（liáo）	了（liǎo）
遼	辽（liáo）	了（liǎo）
據	据（jù）	居（jū）
劇	剧（jù）	居（jū）
懼	惧（jù）	具（jù）
驚	惊（jīng）	京（jīng）
價	价（jià / jiè / jie）	介（jiè）
極	极（jí）	及（jí）
稈	秆（gǎn）	干（gān）
趕	赶（gǎn）	干（gān）
遞	递（dì）	弟（dì）
擔	担（dān / dàn）	旦（dàn）
達	达（dá）	大（dá）
齣	出（chū）	出（chū）
礎	础（chǔ）	出（chū）
腫	肿（zhǒng）	中（zhōng / zhòng）
種	种（zhǒng / zhòng）	中（zhōng / zhòng）
幟	帜（zhì）	只（隻）（zhī）
識	识（shí/zhì）	只（隻）（zhī）
徵	征（zhēng）	正（zhēng / zhèng）
醞	酝（yùn）	云（yún）
擁	拥（yōng）	用（yòng）

北京人説的是普通話嗎？

宋欣橋

北京人平時説的是普通話嗎？回答這個問題時，一般人會毫不猶豫地説：「那還用説，北京人説的肯定是普通話！」如果這時走過來一位大學中文系教授，準會頗為嚴肅地糾正道：「普通話是規範的現代漢民族共同語，是中國國家的通用語言。而北京人説的北京話是一種漢語方言，這是有區別的！」你聽他説得頭頭是道，不過似懂非懂，內心還是有些懷疑，如果北京人説的不是普通話，世界上還有甚麼人説的是普通話呢？

「北京人説的是普通話」，這句話從嚴格的學術概念來表述，的確是不嚴密的。那位中文系教授的解釋是通常漢語教科書上的説法。不過，從一般非專業人士的認識來説，「北京人説的是普通話」這種表述並沒有甚麼大錯。現在的北京人，特別是新一代的北京人，都接受過中等以上的文化教育，也就是説他們都是從小接受普通話教育長大的，他們當然説的是普通話呀。普通話以北京語音為標準音，意味着北京話的語音系統是標準的，規範的，這是北京人學習普通話最為便利的地方，北京人不會為了翹舌音、前後鼻音、兒化輕聲、第三聲變調等方面而煩惱。

當然，北京人也和其他説漢語方言的人士一樣，也會在講普通話時帶上幾個有北京地方特色的詞語，不過，在正式場合或與外地人交談時是很少使用的。總之，我們可以大膽地下這樣結論：現在北京人説的就是普通話。

如果身邊有個同事或家庭中有個長者是北京人，他 / 她真是我們學習普通話的福星，要好好把握機會，虛心向他們學習。為此，北京人會有一種優越感，甚至一些人認為只要是北京人就可以教普通話，但我們是不認同這種觀點的。北京語音作為普通話的語音系統是標準的、規範的，但不是每個個體的北京人的語音系統都是標準的，更不是每個北京人所説的每句話、每個詞語、每個字音都是標準規範的。沒有經過語言教學專業訓練的北京人，也是不適合從事專職普通話教學工作的。北京人要作為專職教授普通話的教師，也要經過不斷提高普通話水平後才能夠勝任。

大吉利是

周立

廣州話裏有很多帶着「死」字的詞語，像「死嘞」、「作死」、「死畀你睇」等等。今天，我們就來看看它們的普通話説法。

説「死」未必是真死。「死喇你」其實就是「去你的」。「話我肥，死喇你」！普通話可説成「説我胖，去你的」！「去你的」是「去你媽的」的簡略説法，但後者是髒話，所以人們都説「去你的」。

「死嘞」、「死火」，普通話叫「壞了」；「弊嘞」、「弊傢伙」，普通話叫「幹了」。比如「死嘞 / 弊嘞！又遲到喇」！「壞了 / 幹了！又遲到了」！「大鑊」、「大劑」，普通話叫「大事不妙」。「今次大鑊喇」！可説成「這回可大事不妙了」！

「唔知死」，普通話叫「不知道厲害」；「作死」，普通話叫「找死」。比如「佢唔知死，話老細偷税，作死咩」！可説成「他不知道厲害，説老闆偷税，找死啊」！

「問你死未」的「死」是表示完蛋的意思，普通話可以説成「(看)你可怎麼辦」；「死畀你睇」呢，可以説成「徹底完蛋」。比如：「唔開 OT 就炒魷，問你死未」？可説成「不加班就解僱，你可怎麼辦啊」？「若果真係咁，我就死畀你睇」！可說成「如果真是這樣，我就徹底完蛋了」！以下的對照表可供參考：

廣州話	普通話	普通話拼音
死喇你	去你的	qùnǐde
死嘞／死火	壞了	huàile
弊嘞／弊傢伙	幹了	gànle
大鑊，大劑	大事不妙	dàshì bùmiào
唔知死	不知道厲害	bù zhīdao lìhai
作死	找死	zhǎosǐ
問你死未	（看）你可怎麼辦	（kàn）nǐ kě zěnmebàn
死畀你睇	徹底完蛋	chèdǐ wándàn
有乜冬瓜豆腐	有個三長兩短	yǒu ge sāncháng-liǎngduǎn

吉人自有天相，但萬一真的「有乜冬瓜豆腐」，普通話要說成「有個三長兩短」。古時候，人要是死於非命，必須等候法醫驗屍，確保沒有隱情之後才能蓋上棺蓋下葬，這就是「蓋棺定論」的由來。棺材是由六塊木板組成的，棺蓋、棺底分別叫天和地，左右兩塊則叫日和月，這四塊是長的；前後兩塊叫彩頭、彩尾，這兩塊是短的。一副棺材總共有「四長兩短」，沒蓋蓋兒的棺材只有「三長兩短」。因此，「三長兩短」就成了死的別稱，後來演變成了意外、災禍的意思。

《周易》上說：「自天佑之，吉無不利。」一個人能誠信守時，修身養德，自然會獲得上天的庇祐。

丁是丁，卯是卯
——俗語雜談

周立

古時候，人們是以天干地支相配計時。「丁（dīng）」是天干的第四位，「卯（mǎo）」是地支的第四位，二者雖同是第四位，但一個是天干，一個是地支，不能相混，否則會影響計時。丁、卯又是木工「釘」、「鉚」的諧音，所以也寫作「釘是釘，鉚是鉚」，指某個釘子一定要安接在相應的鉚處，不能有差錯。這句俗語形容做事認真，一絲不苟。比如：「做學問必須丁是丁，卯是卯，絕對不能含糊。」

用手或衣襟裝東西叫「兜（dōu）」。做人要有承擔，外出吃飯，如果要的東西多卻吃不了，人家會叫你帶走，因為這都是你自己點的。「吃不了兜着走」比喻出了問題要承擔一切後果，多指某人行為造成了很嚴重的後果，受不了或擔當不起。比如：「主意是你出的，出了事你可吃不了兜着走！」

也可以簡略說成「挑眼」或「挑刺兒」。「挑」在這裏讀tiāo。和「雞蛋裏挑骨頭」一樣，這句話是百般挑剔的意思。人的眼睛是橫着長的，鼻子是豎着長的，即使要挑毛病，也應該是「豎挑鼻子橫挑眼」，現在反過來，明擺着是故意找碴兒，挑別人不對的地方。比如：「人事部經理對應聘者總是橫挑鼻子豎挑眼。」

過去以胖為美，胖子在人們觀念中是富貴的象徵。有的人胖不起來，可又不願被人小瞧，於是就自己打自己耳光，臉腫了，很像胖的樣子。痛，但多少能換來一點虛榮，人們就用這句話，比喻寧可付出代價也要充作了不起。比如：「這地方並不富裕，卻要蓋那麼多高樓大廈，真是打腫臉充胖子。」

大家見過裝裱字畫嗎？裱工的主要工具就是兩把刷子：羊毛做的軟刷叫「平分」，是用來刷漿的；棕毛做的硬刷叫糊「搠（shuò）」，是用來上紙的，這兩把刷子代表了裱褙行業。如果一個裱工的手藝不錯，人們就說他「有兩把刷子」。漸漸地，「有兩把刷子」成了「有點本領」的代稱。比如：「到底是名校畢業的，確實有兩把刷子！」同樣的意思還可以說成「有兩下子」，比如：「這個人甚麼都會，真有兩下子！」

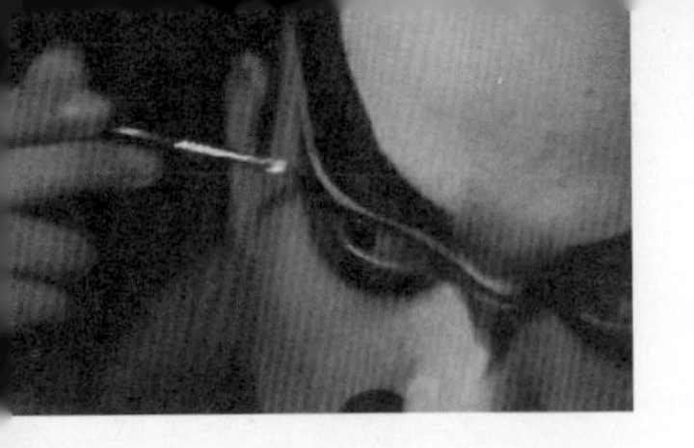

梨園戲話

周立

人們常把戲劇界稱為「梨園行（líyuánháng）」。「梨園」是唐代沿襲下來的叫法。唐明皇李隆基酷愛戲劇，曾把一個種滿梨樹的果園闢為訓練伶人的場所，後世就因此把戲劇界稱為「梨園行」了。

演員扮演的劇中人物叫「角色（juésè）」，也可以簡單説成「角兒（juér）」。生活中，擔負主要任務或在某些方面起主導作用的叫「唱主角（chàng zhǔjué）」，比如：「今年的電視節目韓劇唱主角」。如果説：「他可是我們公司的角兒」，意思就是這個人在公司裏很重要、很顯眼。「主角」、「配角」要讀成 zhǔjué、pèijué，「角色」不能讀成或寫成「腳色（jiǎosè）」。「腳」就是「足」，有最下面、根基的意思，所以，排戲、拍電影用的基礎劇本都叫「腳本（jiǎoběn）」。

扮演隨從或兵卒等不重要角色的叫「跑龍套（pǎolongtào）」，現在常用它來比喻在別人手下打雜。比如：「他在我們這兒只能算個跑龍套的角色」。「跑龍套」的主要工作就是在換場時上台走一圈，從舞台這邊上來，再從那邊下去，中間不停留，俗稱「走過場（zǒuguòchǎng）」。

做事敷衍了事也可以叫「走過場」，比如：「某高官口口聲聲說諮詢民意，其實只是走過場」。

戲的量詞可以用「場（chǎng）」，也可以用「齣（chū）」。演出一次叫「一場」，一個獨立的劇目叫「一齣」。看到朋友爭拗，北方人會問：「你們唱的是哪一齣兒啊？」「一齣兒」是「一齣戲」的簡化，問人家「唱的是哪一齣戲」，其實是問他們之間發生了甚麼事情。

不少媒體喜歡用「壓軸」指代最後一個精彩的節目，其實不妥。

「壓軸」是京劇術語。一場戲通常安排五個劇目，第一個叫「開鑼戲」，第二個是「早軸」，第三個為「中軸」，第四個（即倒數第二個）稱為「壓軸」，第五個（也就是最後一個）叫「大軸」。可見，「壓軸」是指倒數第二個劇目。

人們談論令人注目的、最後出現的事物時，通常會說「好戲在後頭」，「後頭的好戲」指的就是「壓軸戲」。「壓軸」一般說成「壓軸子（yāzhòuzi）」或「壓軸兒（yāzhòur）」，「軸」在這裏要讀第四聲。

過去的劇團俗稱「戲班子」，簡稱「班子（bānzi）」。在普通話裏，為完成一定任務而成立的組織也可以叫「班子」。看內地的新聞節目，我們經常能聽到類似的話：「他接到任務以後，立刻成立了一個領導班子。」「領導班子（lǐngdǎobānzi）」在內地黨政機關的使用頻率非常高，比如：「市政府重組了緊急事故協調中心，新的領導班子已經走馬上任」。

企業中也可以用「班子」，但現在流行用「團隊（tuánduì）」一詞。比較「優秀的管理班子」和「優秀的管理團隊」，「團隊」聽起來比「班子」更令人振奮。「班子」可以說成「團隊」，但「團隊」不一定能說成「班子」，「團隊精神」就不能說成「班子精神」。

戲班為了生存，免不了競爭，兩個或更多的戲班為了搶奪觀眾，同時上演同樣的戲，叫「唱對台戲（chàng duìtáixì）」。現在，人們常用「唱對台戲」來比喻在工作中針鋒相對地另搞一套，或採取與對方相反的行動，有意搞垮對方的行為。「總經理要求多做廣告，董事會卻削減宣傳費用，兩邊唱對台戲，公司的生意怎麼會好？」

如果「唱對台戲」還不足以搞垮對方，有背景的戲班就會僱用地痞流氓搗亂，甚至暗中拆毀對方的戲台，這就叫「拆台（chāitái）」。有意破壞，使人倒台或者辦不成事都可以叫「拆台」。新上任的經理要求大家加班，這個說身體不舒服，那個說要接孩子，總之沒人肯加班，這就是拆新經理的台。兩個商人互相攻擊對方的產品，你說我的價格高，我說你的質量差，這也是「拆台」。

戲班的收入不穩定，演員經常要去各處演出幫補生計。四處奔波、身無定所地演出，行內叫「走穴（zǒuxué）」。「走穴」原本寫作「走踅」，是江湖藝人的術語，賣藝的生意叫「穴」。現在，人們把各類演員臨時搭班子，輾轉各地演出，也稱為「走穴」。比如：「聽説那些明星去內地走穴能賺不少錢，不知道他們的税該怎麼交呢」？

面和臉

杜宇

在研究生院的時候，有一次系裏舉辦講座，系主任也是講者之一，大家都很踴躍，紛紛準時前往，我問身旁的技術員阿華：「你去嗎？」他回答說：「去，當然去，系主任演講，我當然要給他臉。」聽後覺得很有趣，原來他把廣州話中的「畀面」轉化為普通話的「給臉」，事實上，在普通話中應該説成「給面子」或者「賞臉」。

廣州話在詞彙方面保留了較多的古詞古意，措辭古雅。以剛才所説的「面」為例，是指頭的前部，從額到「下巴（xiàba）」的部分。在普通話的口語當中一般都會用「臉」來代替。廣州話説：洗面、面紅和面色，普通話就要説成：洗臉、臉紅、臉色。

但有些情況下，也不能夠將帶有「面」的詞語直接轉用作「臉」，如上文談及的「唔畀面」及「冇面」，説普通話時要説成：「不給面子」及「沒面子」。

如果以為使用「面」的意項來比喻表面上的尊嚴，以及人情、情面的時候，直接用作「面子」就萬無一失的話，那又大錯而特錯了。記得廣州話中有一句所謂「畀面唔要面」嗎？普通話中也有一句與其相對應的是：「給臉不要臉」。

廣州話中與「面」字相關的詞語也不少，但很多時候都不能直接轉換為普通話來使用。請看下面的例子：

廣州話	普通話
黑口黑面	直眉瞪眼
面懵懵	難為情，不好意思
面懵心精	似傻非傻
天面	天花板
面珠墩	臉蛋兒

談到「臉」，自然要提一提組成「臉」部的五官。香港人常常以單個字來描述它們，如：「我隻眼好紅；我個鼻好痛。」而在普通話中要説：「我的眼睛很紅；我的鼻子很疼。」

另外，普通話在描述面部器官的時候，大多都讀為輕聲，如：「眼睛（yǎnjing）」、「眉毛（méimao）」、「鼻子（bízi）」、「嘴巴（zuǐba）」、「耳朵（ěrduo）」、「下巴（xiàba）」、「頭髮（tóufa）」、「脖子（bózi）」和「喉嚨（hóulong）」。所以準確記住這些詞語的發音，以及使用方法，我們才能説好普通話，即使在「國語人」面前，我們也同樣會有面子。

捅馬蜂窩

周立

「捅（tǒng）」，是用棍棒、刀槍等戳刺的意思，像「捅個窟窿」、「捅了一刀」等等。「捅刀子」多指暗中陷害，比如：「這傢伙表面上笑嘻嘻，背後盡給人捅刀子。」用手臂碰、觸動也可以叫「捅」，「大文用胳膊肘捅了他一下，讓他説話小聲點。」

「捅」還可以表示戳穿、揭露秘密或不為人知的事，比如：「余大勇把局長貪污的事全捅出來了。」挑撥、鼓動、慫恿別人做某事叫「捅咕（tǒng gu）」，「兩兄弟的關係本來挺好，但被外人一捅咕，哥哥竟然跟弟弟鬧翻了。」「副經理整天捅咕推銷員和經理對着幹。」

過去人們會在窗戶上糊上一層薄紙，既擋風塵，又透光。窗戶紙非常薄，一捅就破。因此，人們常用「窗戶紙一捅就破」來比喻顯而易見，卻又心照不宣的事情，比如：「不少上市公司的業績是假的，但誰也不把窗戶紙捅破，因為大家都要靠它賺錢。」

「闖禍」在普通話中又叫「捅婁子」；「婁子（lóuzi）」是亂子、糾紛、禍事的意思，比如：「大明破壞了銀行的電腦系統，這下可捅婁子了。」

有個和「捅婁子」的意思相近的詞叫「捅馬蜂窩（tǒng mǎfēngwō）」。馬蜂又叫「黃蜂」，自衛的本能很強，只要侵犯了牠的生存利益，馬蜂就會立即向你報復。一旦被一隻馬蜂「蜇（zhē）」了，很快就會遭到成群馬蜂的圍攻。馬蜂的毒性大，傷勢嚴重的會導致死亡。

因為捅馬蜂窩要付出慘重代價，人們就用這個詞來比喻惹禍或招惹麻煩，比如：「牛教授是學界權威，你跟他唱反調，不是捅馬蜂窩嗎？」「捅馬蜂窩」也比喻敢於得罪厲害的、不好惹的人，比如：「提出新觀點就是要有敢捅馬蜂窩的精神。」

馬蜂是成群活動的，所以有「蜂擁」、「一窩蜂」、「傾巢而出」等詞語。馬蜂窩一旦被捅破，驚慌的馬蜂就會四散奔逃。人也一樣，普通話有個詞叫「炸窩（zhàwō）」，形容一群人由於受到驚嚇而亂成一團，比如：「老闆說要裁員，公司裏立刻炸了窩。」

白眼兒狼

周立

眼睛朝上或者朝兩邊斜視的時候，眼珠上白色的部分會露得多些，這就叫「白眼（báiyǎn）」。人們用白眼看人，是想表示鄙視、輕蔑或厭惡的情感，「遭人白眼」就是被人看不起的意思。「白」也可以用作動詞，比如：「小美白了小強一眼。」

還有一個詞叫「翻白眼兒（fān báiyǎnr）」，常用來形容情況危險，也是死的隱語，比如：「局長喝醉了，直翻白眼兒，快叫救護車！」「蒸餾水不能養魚，你看！這幾條都翻白眼兒了！」

廣州話中的「狠」有狼的意思，其實「狠」字比「狼」字還差一點呢！狼是以怨報德的動物，「子系中山狼，得志便猖狂」，《東郭先生和狼》的故事家喻戶曉。所以，普通話用「白眼兒狼（bái yǎnrláng）」稱呼那些像狼一樣忘恩負義的人。

當他需要的時候，「白眼兒狼」可以像狗一樣匍匐在別人腳下，搖尾乞憐。可是，一旦他得到了想要的東西，就會露出猙獰的本性，惡狠狠地咬死恩人。「白眼兒狼」把厚黑學演繹得淋漓盡致！

「翻白眼兒」和「白眼兒狼」都要讀成兒化。

過去用金銀做貨幣，金子是黃的，銀子是白的，因此，錢財又叫「黃白之物」。有些地方據此把那些無情無義，見錢眼開的人叫做「黃眼兒狗」，與「白眼兒狼」有異曲同工之妙。

「青眼」和「白眼」的意思相反。青就是黑，兩眼正視，眼球上黑色的部分就會多些，所以叫「青眼」。「青眼」是指喜愛或者重視某事物，「美人投以青眼」，就是美女暗送秋波。據説，魏晉時期「竹林七賢」之一的阮籍有一套使用「青白眼」的本事，對志同道合的人，他會用「青眼」相看；對不喜歡的人就「翻白眼兒」。阮籍愛憎分明，直接得可愛，比「白眼兒狼」安全多了。

根據「青白眼」的典故，又衍生出「垂青」、「青盼」、「青睞」等詞語，其中以「青睞（qīnglài）」用得最多。

嘩！哇塞是髒話！

周立

「嘩！是華仔」，「嘩！熱死人啦」！本地人喜歡用「嘩」來表示驚訝、感歎。普通話裏也有「嘩」這個詞，但用法和廣州話不同。「嘩」是個多音字，第一個音讀huā，是象聲詞，指流水等的聲音。比如：「河水嘩嘩地流過」，「嘩啦（huālā）一聲，鐵門開了」。另一個音讀huá，是喧鬧的意思，「不許在教室裏喧嘩（xuānhuá）」。

普通話表示驚訝、感歎的詞很多，常用的有「嚄（huō）」、「嘿（hēi）」、「好傢伙（hǎojiāhuo）」等等，功能和廣州話的「嘩」差不多。例如：「嚄！是許冠傑」，「嘿！這小伙子真棒」，「好傢伙！這條魚有十幾斤」！

普通話的「哇（wā）」也是個象聲詞，多用來形容嘔吐、大哭等聲音，像「孩子哇哇地哭了」。當「啊」字受到前一個字的韻母收音u或ao影響的時候，會產生音變現象，「啊（ā）」就變成了wā，比如：「你好哇？」「才幾天功夫哇，你的普通話就這麼流利了！」

廣州話裏的「話晒」，普通話可以譯成「再怎麼説」、「不管怎麼説」。

比如：「話晒我都係中國人」，「話晒佢都係你老竇」。普通話可以説成「再怎麼説我也是中國人」，「不管怎麼説他也是你爸爸」。

近年，內地流行「哇塞」一詞。有學者對此做過研究，「哇塞」原是流行於台灣的閩南話的髒話。「哇」是第一人稱代詞——「我」的意思，「塞」是表示性行為的動詞。這種髒話本來是不應該登大雅之堂的，可是，內地一些明星不求甚解，想當然地把「哇塞」當成歎詞，認為跟廣州話的「嘩」差不多，加之又是從台灣傳過來的，於是爭相模仿，以訛傳訛，一發不可收拾。某女歌星在新唱片發佈會上，張口一個「哇塞」，閉口一個「哇塞」，竟然恬不知恥！

語言像河流，是運動的、變化的。也許將來有一天，「哇塞」會改變意義，但至少在今天，「哇塞」仍是髒話，還是不要把無知當成時髦吧。

講「意頭」

何偉傑

香港人説話講究「意頭」(普通話叫做「彩頭(cǎitóu)」)，用詞常有避諱的現象，説普通話的人對這些詞語往往莫名其妙。例如：「豬脷」，「吉屋、吉舖」，「豬紅、雞紅、見紅」，「通勝、勝瓜」，「豬膶、鴨膶、牛膶」等，都不見於普通話。

廣州話的「脷」就是「舌」的意思，「舌」與「蝕本」的「蝕」廣州音同，所以香港人避而改用意義相反的「利」，寫作「脷」。「脷」在普通話説作「舌頭(shétou)」，豬脷、牛脷的意思分別是「豬舌頭(zhūshétou)」、「牛舌頭(niúshétou)」。

香港人愛講彩頭，所謂「吉」，往往實際意思是「空」，空即甚麼也沒有，彩頭不好，而且與「凶」同音，所以改個相反的字眼——「吉」。「吉屋」原意是「空屋」，普通話意思就是「空的房子」，「吉舖」是「空置的店舖」，「交吉」即完成房屋買賣手續。

「紅」本來是血的顏色，香港人忌談「血」而改説「紅」。普通話也有「掛彩(guà cǎi)」一詞，指負傷流血，可見忌談「血」具有民族普遍性。不過，普通話卻不會像廣州話那樣忌諱，還是保留「豬血（zhūxuè）」、「雞血（jīxuè）」、「出血（chūxuè）」的說法。

廣州話的「勝瓜」原來是「絲瓜」，「涼瓜」即是「苦瓜」。「絲」的廣州音近「輸」，「苦」更不是好彩頭。在普通話中，卻沒有這種忌諱習慣，還是用它們的原名：「勝瓜」、「涼瓜」。

以下再引一些反映香港廣州話講彩頭和忌諱的例子，並列出普通話的說法作對照，供大家參考：

廣州話	普通話
豬膶、牛膶	豬肝（zhūgān）、牛肝（niúgān）
旺菜（淡菜）	貽貝（yíbèi）/ 蛤蜊（gélì）/ 淡菜（dàncài）
鳳爪	雞爪子（jīzhǎozi）
太平門	緊急出口（jǐnjí chūkǒu）
傷殘人士	殘疾人（cánjírén）
通勝	通書（tōngshū）/ 皇曆（huánglì）
香肉	狗肉（gǒuròu）
倒夜香	晚上的「倒糞（dàofèn）」工作

二百五

馮薇薇

日常生活中，人們常把有些傻氣、做事莽撞或説話不正經、辦事不認真、處事隨便、好出洋相的人叫做「二百五」。

那麼，「二百五」這個稱呼是怎麼來的呢？原來他來源於一個戰國故事。蘇秦是戰國時的一個説客，他身佩六國相印，一時很是威風，但也結下了很多仇人。後來，他終於在齊國被人殺了。齊王很惱怒，要為蘇秦報仇。可一時捉不到兇手，於是，他想了一條計策，讓人把蘇秦的頭從屍體上割下來，懸掛在城門上，旁邊貼着一張告示，寫道：「蘇秦是個內奸，殺了他黃金千兩，望來領賞。」告示一貼出，就有四人聲稱是自己殺了蘇秦。齊王説：「這可不許冒充呀！」四人又都咬定説自己幹的。齊王説：「一千兩黃金，你們四人各分得多少？」四人齊聲回答：「一人二百五。」齊王拍案大怒道：「來人，把這四個『二百五』推出去斬了！」「二百五」一詞就這樣流傳下來。

除了某類人被稱為「二百五」之外，還有些人被冠以「二流子」、「二混子」、「二痞子」、「二賴子」和「二楞子」等。為甚麼它們都是以「二」字開頭呢？原來數字「二」通常用來形容懶漢無賴或一些精神、思維不正常的人。比如下表介紹的十個名稱：

名詞	釋義
二把刀	對某項工作知識不足、技術不高的人
二等公民	不被重視、被人遺忘的人
二房	小老婆
二混子	不學無術、游手好閒、不務正業的人
二賴子	懶漢無賴
二楞子	頭腦簡單、反應不靈敏、辦事鹵莽的人
二流子	不學無術、游手好閒、不務正業的人
二奶	同居的情人
二皮臉	厚臉皮的人
二五眼	能力差的人

所以不要隨便用「二……」來形容人，小心得罪人，否則，你可真要「吃不了兜着走了」。